ハヤカワ epi 文庫
〈epi 1〉

〈グレアム・グリーン・セレクション〉

第三の男

グレアム・グリーン
小津次郎訳

epi

早川書房
4764

THE THIRD MAN
by
Graham Greene

Translated by
Jiro Ozu
Published 2001 in Japan by
HAYAKAWA PUBLISHING, INC.
This book is published in Japan by
arrangement with
VERDANT S. A.
c/o DAVID HIGHAM ASSOCIATES LTD.
through TUTTLE-MORI AGENCY, INC., TOKYO.

キャロル・リードに

尊敬と愛情と、そして、〈マキシム〉や〈カザノヴァ〉や〈オリエンタル〉で過ごした数々のウィーンの早朝の思い出とをこめて。

第三の男

登場人物

ロロ・マーティンズ……………………………作家
ハリー・ライム…………………………………闇商人
アンナ・シュミット……………………………ハリーの恋人。女優
クルツ
クーラー大佐 } …………………………………ハリーの友人
ヴィンクラー……………………………………ハリーの主治医
コッホ……………………………………………ハリーの交通事故の目撃者
ハービン…………………………………………闇商人
ベイツ……………………………………………警官
キャロウェイ大佐………………………………ロンドン警視庁の警察官

序　文

『第三の男』は読んでもらうためにではなく、見てもらうために書いたものだ。多くの恋愛事件のように、晩餐の席で始まり、いろんな個所で頭痛を引き起していく、ウィーン、ヴェニス、ラヴェロ、ロンドン、サンタ・モニカ。

たいていの小説家は、自分の頭の中に、あるいはノートブックに、陽の目を見ることのない物語の最初のアイディアをためこんでいるのだと思う。時とすると、何年かたってから、それを引っくりかえして、昔はこれでよかったろうが、今では駄目だ、と残念がるのである。ずっと以前に、封筒の折り返しに冒頭の一節を書いたことがあった、「一週間前に、私はハリーに最後の別れを告げた。それは彼の棺が凍った二月の地中に納められた時だった。だから、彼がストランドの人混みの中を、知らぬ顔をして通り過ぎていくのを見て、私は信じられなかった」私は、私の主人公と同様に、ハリーのことがまだ明確になっていなかった。だから、ディナーのときアレクサンダー・コルダから、キャロル・リードのために シナリオ――われわれの『落ちた偶像』に続くものだ――を書いてくれと頼まれたとき、私の提供できるものは、この一節だけだった。コルダは四大国の占領下にあるウィーンにまつわる映画が撮りたかった。一九四八年、ウィーンはアメリカ、ソ連、フランス、イギリスが統治する区域に分割されていて、中心部《インナー・シュタット》はその四大国が一カ月交替で治安し、その四カ国から集められた四人の兵士によって、昼夜ともにパトロールされた。こうした複雑な状況をコルダは映画に加味したかったのだが、私がハリー・ライムの跡を追うことを許してくれた。

まず物語を書いてからでないと、シナリオを書くことは私にはほとんど不可能だ。映画でさえも、筋立てよりは、性格描写のある種の手法や、気分や雰囲気に依存している。そういうものを、シナリオの無味乾燥な省略的表現で、最初に捕えるということは、私にはほとんど不可能のように思われる。小説という媒体の効果を別の形式で再現することは可能であるが、シナリオ形式で最初の創造はできない。実際に用いるよりも多くの素材を意識していなければならない(もっとも、長篇小説はたいてい素材を盛りこみすぎるが)。だから『第三の男』は、出版をするつもりはなかったのだが、シナリオではなく物語として書かれ、それをもとに私は、何度となくシナリオを書き換えていったのである。

　ウィーンに戻ると、シナリオとストーリー・ラインのことで、キャロル・リードと私は緊密に協力した。一日に何マイルもの絨緞を歩いて、互いに場面を演じて見せた（不思議なことだが、机に向かってシナリオを書くことはできない——登場人物といっしょに動いてみないといけないからだ）。われわれの相談には第三者が加わったことはなかった。コルダでさえ口を出さなかった。二人の間の激しい論争に大きな価値があるのだ。もちろん、小説家にとっては、自分の小説が、特定の主題に関してなし得る最上のものである。映画のシナリオに移すために必要な変更の多くは、小説家として遺憾《いかん》に感じざるをえないことだ。しかし、『第三の男』はもともと映画の素材として企図されたものだ。読者は物語と映画との間に多くの差異を認められるだろうが、そうした変更が、いやがる著者に強制されたものだ、と考えないでいただきたい。おそらくは、著者自身が示唆したものであったろう。事実、この映画は物語よりも良くなっている。それは、この場合、映画は物語の決定版であるからだ。

　こうした変更のあるものは、明らかに皮相的な理由によっている。イギリス人ではなくアメリカのスターを選んだ結果、いくつかの変更を余儀なくされた——最も重要なことは、ハリーもアメリカ人に変えなければならなかったことだ。ジョセフ・コットン氏は、きわめて当然な理由によって、ロロという名前に反対した。アメリカ人には、ホモセクシャルの含みがあるように聞こえるからである。彼の名前は風変わりでなければならなかった。それで、ホリーという名前を思いついたが、それは、あの風変わりな人物、アメリカ詩人のトマス・ホリー・チヴァーズを思いだしたからである。(ある評論家がホリーとライムは『金枝篇』に影響されたものであるという独創的な見解を示したが、私はライムの名前をライムの木からとったのではなく、絞首刑を受けた人間の体を処理するために刑務所で使われる石灰《ライム》にちなんでつけたのだ)もう一つの小さな点は、オーソン・ウェルズ氏の契約によって、アメリカ人の悪党が一人できたから、アメリカの世論を考慮して、クーラーをルーマニア人に変えたことである。クーラーのことは残念だ。ルーマニア人よりずっと気のきいたやりとりができたのだが。

キャロル・リードと私との間に生じた、ごく少数の重要な論点の一つは、結末に関するものだったが、結果は彼のみごとな勝利であった。私は、この種の娯楽物には不幸な結末は重すぎる、と考えていた。リードとしては、私の結末は——一語も台詞《せりふ》がないから、漠然とはしているが——ハリーの死を目撃したばかりの観客には、不快を覚えさせるほど皮肉に映るだろう、と感じていた。私は正直に告白するが、彼の説には半信半疑だった。女が墓場から歩いて行く長丁場を、観客はじっと坐ったままで見ているだろうか、映画を見終わってから、これもやっぱり私の結末と同じように紋切型だという印象を受けるのではないか、と私は思っていた。私はリードの巧妙な演出を十分考慮に入れていなかったし、この段階では、リードがツィター奏者アントン・カラス氏という、みごとな掘出し物をしようとは、二人とも予想すべくもなかった。私がシナリオに書いたのは、ハリー・ライムに結びつくテーマ音楽のようなものを、ということだけだった。

ソ連がアンナを誘拐する挿話（その時代のウィーンでは十二分に可能性のある事件だが）は、かなり後の段階で削除された。物語の中に十分に結びつけられていないし、映画に政治的宣伝臭を帯びさせるおそれがあった。われわれは民衆の政治的感情を動かそうというつもりはなかった。われわれは民衆を娯《たの》しませ、少しおどかし、笑わせよう、としたのだ。

実際のところ、現実はお伽話《とぎばなし》の背景でなければならない。しかしながら、闇ペニシリンの物語は悲惨な事実にもとづいている。実際の闇商人の多くは、ハリー・ライムとは違って無邪気だったから、もっと悲惨なのである。先日ロンドンで、ある医者が二人の友人と連れだって、この映画を見た。ところが、驚いたことには、彼は娯しんだのに、二人はしょんぼりして、憂鬱な顔をしている。二人の話によると、戦争の終わり頃、英空軍に加わってウィーンにいたが、自分たちもペニシリンを売った、というのである。自分たちのちょっとした窃盗罪によって起こりうる結果を、映画を見るまで思ってみたこともなかったのである。

シナリオに書いたことを確かめるため、キャロル・リードと私がウィーンへ戻ってきたとき、冬と春の風景があまりにも違うので驚いた。二月には闇商売をするレストランがあって、うまくすればスープの材料になるオックステイルと称する骨がいくつか手に入ったりしたのだが、今では質素な食事を出す合法的な店に変わっていた。この小説では〈オールド・ウィーン〉という店名にした〈カフェ・モーツァルト〉の前の廃墟もきれいに片づけられていた。何度も何度も私はキャロル・リードにこう言った、「しかし、ウィーンはたしかにそうだったんだ――三カ月前まではね」

その二月には、まだ物語の骨子ができていなかった――プロットで固まっていたのは、ハリーの偽の葬式のことだけだった。日々があまりにも早く過ぎていったが、映画向きの背景がいくつか加わっただけだった。うす汚れたナイトクラブ〈オリエンタル〉、ザッハー・ホテルの将校用バー（コルダは将校用の部屋を私のためにとってくれた）、古いヨーゼフシュタット劇場（アンナはついにそこに出演することになった）のさながらビル内の店舗街のような小さな楽屋群、二月の地面を掘り起こすために電動ドリルが必要だった巨大な共同墓地。私はウィーンには二週間以上はいられなかった。友人に会うためにイタリアへ行き、そこでこの物語を書こうと思っていたのだ。しかし、どういう物語を？　残りあと三日という時にも、何のストーリーも浮かんでこなかった。いまではトレヴァー・ハワードの容貌を頭に浮かべるようになった語り手のキャロウェイ大佐のことすら考えついていなかった。

残りあと二日となった日に、私はイギリスの情報組織の若い将校と昼食を共にする幸運に恵まれた——戦時中、ＳＩＳ（イギリス秘密情報部）と関係をもったことが、ここで実を結んだのだ。彼は、ウィーンへ来て、どのようにオーストリア当局からウィーン警察のあるリストを得たかを話してくれた。そのリストは、〝地下警察〟と記してあった。

「地下警察を廃止しなさい。体制は変わったのだ」と彼は命じた。しかし、〝地下警察〟は存続していた。彼がくりかえし怒りをこめて命じると、やがて説明がなされた。〝地下警察〟というのは秘密警察でなく、巨大な下水道の中で働く文字どおりの地下警察である、と。下水道の中は四大国の管理下になく、その入口はウィーンのいたるところにあって、広告塔に見せかけている。なぜだかよくわからないが、ソ連はそれを閉鎖することに反対していて、各国の情報部員は何の制限もなく自由に行き来できるという。昼食後、われわれは長靴をはき、防水外套《マッキントッシュ》を着て、ウィーンの地下へ入っていった。主下水道は潮の干満のある巨大な川のようで、甘い匂いがした。昼食のときにその情報部の若い将校は、私にペニシリンの闇取引のことを話してくれた。そして今、下水道をまわりながら、物語の全体像が形をなしてきた。四大国による統治の機構についての調査、ソ連区域に住んでいる私の母の召使いだった老人を訪ねていったこと、〈オリエンタル〉で一人飲んだ長い夜、すべてのことは無駄ではなかった。

私は自分の映画を作ることができたのだ。

ウィーンでの最終日、私は友人のエリザベス・ボウエンを夕食に招待した。エリザベスはブリティッシュ・インスティテュートの講演でウィーンに来ていたのだった。夕食を終えると、私は彼女を〈オリエンタル〉へ連れていった。こんないかがわしいところに彼女が来たことがあるとは思えないので、私は言った、「あなたに国際警察が働いているところをお見せしようと思ったんです。真夜中になれば手入れが始まりますよ」

「どうしてそんなことを知っているんですか?」

「情報源があるのでね」

　十二時の時鐘が鳴ると同時に——友人にそうするように頼んでおいたのだが——イギリスの軍曹が騒々しく階段を下りてきた。その後にはソ連、フランス、アメリカの憲兵がついていた。店はうす暗かったが、イギリスの軍曹はためらうことなく（私が彼女の容貌を入念に教えておいたからだ）大股でやってきて、エリザベスにパスポートを見せるよう要求した。彼女は私のことをあらたな敬意をこめて見た——英国文化《ブリティッシュ・》交流協会《カウンシル》がこんなドラマティックな夜を見せたことはないのだ。翌日、共産主義革命下にあるプラハを経由してイタリアに向かった。すべては終わった。あとは書くだけだった。

1

いつ何事が起こるか、わかったものではない。私がロロ・マーティンズに最初会った時に、私は保安警察簿に彼のことをこんなふうに書いておいた、〃通常の情況下にあっては陽気な馬鹿者。過飲のためつまらぬトラブルを起こす可能性あり。女が通れば、眼を上げて批評を下すが、実は女に煩わされたくないらしい。まだ大人になりきっていない、それがためにライムに対する特殊な尊敬を抱くようになった〃と。私が、〃通常の情況下にあっては〃と書いたのは、彼に初めて会ったのがハリー・ライムの葬儀であったからだ。二月のことで、ウィーン中央墓地の凍てついた地面を掘るのには、電気ドリルを使わねばならなかった。自然さえもライムを拒否している形だったが、やっと彼を墓穴に納めて、上から煉瓦《れんが》のようにコチコチになった土をかぶせた。彼は埋葬され、ロロ・マーティンズは足早に立ち去ったが、そのヒョロヒョロした足は今にも走りだしそうだった。彼の三十五歳の頰を、少年の涙が濡らしていた。ロロ・マーティンズは友情というものを信じていた。だから、そのあとに起こったことが、あなたがたや私ならば何でもないことに思ったろうに、彼にとっては痛ましいショックになったのだ（あなたがたならば、それを幻想だと思ってしまうだろうし、私ならば——たとえ間違っていたとしても——合理的な解釈を思いついただろう）。もしあの時、彼が私に話してくれさえしたら、たいして面倒なことも起こらずにすんだことだったろう。

この奇妙な、むしろ悲しむべき物語を理解していただくためには、背景についていくらかでも知識を持っていただかねばならない。ウィーンの町は戦争で破壊され、四大国、すなわちソ連、イギリス、アメリカ、フランスに分割され、境界にはただ掲示板が立っているだけという惨《みじ》めさ、市の中心部といえば、重厚な官庁や威風堂々たる彫像の立ち並ぶ環状道路《リング》にとり囲まれたインナー・シュタットは四大国の共同管理下にあった。かつては流行の中心であったこのインナー・シュタットでは、四大国が一カ月交替で、いわゆる〝議長席〟について、治安の責にあたることになっていた。夜などうっかりナイト・クラブでオーストリア・シリングを使おうものなら、まず間違いなくパトロール中の連合国警察に出くわすだろう。これは各国から一人ずつ出ている四人の憲兵で、うまく気心が通じているとは義理にも言えないが、敵の国語をしゃべって話が通じていることは事実だった。私は両次大戦間のウィーンを知らなかったし、シュトラウスの音楽や、あやしげな魅力に満ちた昔のウィーンを憶えているほどの年配ではない。私にとってウィーンは、みすぼらしい廃墟の町であり、しかもその二月には、廃墟が雪と氷の氷河になってしまったのだった。ドナウ河は灰色の、どんよりした濁流で、ソ連領の第二地区を貫通して遥か遠く流れていた。この地区では、プラーター（ウィーンの観楽街）は破壊され、荒涼として、雑草の生えるにまかされている。ただ観覧車だけが、メリーゴーラウンドの土台の上を、うち棄てられた石臼《いしうす》のようにゆっくり廻転している。粉砕されたタンクのさびた鉄屑を誰もかたづけようとはしない。雪の薄いところには、霜にやられた雑草がのぞいていた。昔のウィーンを描きだすほどの想像力を私は持っていない。だから、ザッハー・ホテルは英国軍将校用の短期滞在のホテルとしか描けないし、ケルントナー通りは、高級ショッピング・センターではなくて、その大部分がやっと眼の高さの一階までしか修理の届いていない街なのである。ソ連兵が毛皮の帽子をかぶって、ライフル銃を肩にして歩いている。アメリカ軍の案内所の周囲には、数人の売笑婦がたむろしているし、〈オールド・ウィーン〉の窓には、オーバーを着たままの客が代用コーヒーをすすっていた。夜になったら、インナー・シュタットか三大国の管理地区にいたほうがいい。しかしそれでも誘拐事件は起こる——時にはずいぶん馬鹿げた誘拐もあるもので——パスポートを持たないウクライナの娘、もう役にも立たなくなった老人、時にはもちろん、技術者や反逆者が誘拐される。ロロ・マーティンズが昨年二月七日にウィーンへやってきた時は、ざっとこんな状態であった。私は自分の調査簿と、マーティンズが話してくれたことを材料にして、できるだけ正確に事件を再構成してみた。私としてはできうる限り正確を期したつもりだ——マーティンズの記憶に絶対の信頼をおくわけにはいかないが、私としては会話の一行たりともでっちあげたことはなかった。もっとも、女のことを別とすれば、醜悪な物語だ。英国文化交流協会《ブリティッシュ・カウンシル》の講師をつとめる挿話がなかったら、陰惨で、もの悲しく、やりきれない物語になったろう。

2

英国民は、ただ英貨五ポンドの持ちだしだけで満足するのなら、いまでも海外旅行はできる。ただし、その英貨を海外で消費することは禁止されている。しかしロロ・マーティンズは、国際難民協会のライムから招待を受けなかったら、今なお占領地域と認められているオーストリアに入国はできなかったろう。マーティンズは国際難民の世話をするのを目的としてうたうように、ライムから示唆を受けていた。これは彼の仕事ではないのだが、マーティンズは承諾した。これで休暇を取れることになるだろう。ダブリンでの出来事、それからアムステルダムでのもう一つの出来事のあとで、彼はひどく休暇を必要としていた。マーティンズは女性との関係を〃出来事〃として忘れようと、いつも努力していた。自分の意志とは無関係に起こること、保険屋に言わせれば、天災といったものとして。彼がウィーンに到着した時には、憔悴《しょうすい》した顔つきで、しかも肩越しに振りかえる癖があったから、しばらくのあいだ私は彼に疑いを抱いていたが、これは、たとえば六人の中の一人が、いつだしぬけに現われるかもしれない、と恐れているためだったということがわかった。彼はカクテルを作っていた、と私に漠然と語ったが、これがまた問題の別の表現だった。

ロロ・マーティンズの仕事は、バック・デクスターというペンネームで、安いペーパーバックの西部物を書くことだった。よく売れたが、金は儲《もう》からなかった。だから、よくは正体がつかめないがウィーンへ着いたら、宣伝資金から滞在費を出してやろうとライムが言わなかったら、ここへは来られなかったろう。彼の話によると、ライムは絶やさぬように軍票をくれることになっていた。これは英軍のホテルやクラブで、一ペニー以上の使用にあてられる唯一の通貨だった。したがって、マーティンズがウィーンに到着した時には、使用不能の五ポンド紙幣を持ったきりだった。

ロンドンからの飛行機がフランクフルトに着陸して、一時間の休憩中に、奇妙な事件が起こった。マーティンズは米軍の酒保でハンバーグステーキを食べていた（親切な航空会社は乗客に六十五セントの食券をくれた）。その時、二十フィートの向こうから新聞記者とわかる男が、彼のテーブルに近づいてきた。

「デクスターさんですか？」

「そうです」とマーティンズは、警戒心を解いて答えた。

「写真よりはお若く見えますね。なにかお話しいただけませんか？　私はこの地方の軍新聞の記者ですが、フランクフルトのご感想でも？」

「十分前に着陸したばかりですからね」

「けっこうですよ。アメリカ小説をどうお考えですか？」

「読みません」

「例の皮肉ですな」と記者は言った。それから彼は、パンのかけらをかじっている出っ歯の、小柄なゴマ塩頭の男を指して、「あれがケアリーかどうか、ご存じですか？」と尋ねた。

「いいや。ケアリーって何です？」

「J・G・ケアリーですよ、もちろん」

「聞いたことありませんね」

「あなたがた小説家は世間知らずだからなあ。私の本当の目的は彼なんですよ」と言い捨てて、マーティンズの見ている前で、部屋を横切って、その偉大なケアリーのほうへ歩いていった。ケアリーはパンを置いて、いかにも見せかけの愛想笑いをして記者を迎えた。記者はデクスターに会いにきたのではなかった。しかしマーティンズはある種の誇りを感じざるをえなかった。彼をこれまでに小説家と呼んでくれた者はいなかったのだ。しかし自負心を抱き、自分を偉い人間だと思うと、ライムが飛行場に迎えにきていないことに、いっそうひどく失望させられた。われわれは他人が思う以上に自分を偉い人間だと考えている。マーティンズは、バスの入口近くに立って雪景色を眺めていると、自分が無価値なものに思われてくるのだった。ふるいにかけられたような粉雪が降っていた。それがまばらで淡い降り方なので、廃墟と化した建物の間につもった巨大な雪の吹きだまりが、こんな淡雪からできあがったはずはなく、万年雪の上に永遠につもっているかのように、永遠の相をそなえていた。

バスはアストリア・ホテルに着いたが、ライムは迎えに来ていなかったし、伝言もなかった。ただ一つ、彼が聞いたこともないクラビンという人間からデクスター氏あての、謎のような伝言があった。〝明日の飛行機でご到着と思っておりました。ここを動かないでください。よそにまわります。ホテルは予約ずみ〟。しかし、ロロ・マーティンズは、ぶらぶらしているような人間ではなかった。ホテルのロビーでうろうろしていたら、いずれ事件が起こるにきまっている。酒に酔っているからだ。ロロ・マーティンズは、「事件にはこりごりだ。もうたくさんだ」と言いながら、いちばん重大な事件にまっさかさまに巻きこまれていくのだ。ロロ・マーティンズにはいつも葛藤があった――奇妙な名前と、四代もつづいた頑固なオランダ風の苗字との間の葛藤である。ロロは通りすぎる女という女に眼をつけるが、マーティンズはそれを永遠に拒絶してしまうのだった。そのどちらが西部物を書いたのかはわからない。マーティンズはライムのアドレスを教えられていた。クラビンという男には何の興味も感じていなかった。何かの間違いであることは明らかだった。しかし彼はまだ、フランクフルトでの例の会話と結びつけることはしていなかった。ライムの手紙によれば、マーティンズは彼のアパートに泊まってもいいということだった。ウィーンのはずれにあり、ナチの所有者から接収した大きなアパートだった。マーティンズが行けば、タクシー代はライムが払ってくれるだろうから、マーティンズは第三（イギリス）地区へまっすぐにタクシーで乗りつけた。タクシーを待たせておいて、四階へ上がった。

雪がしとしと降りつづけているウィーンのような静かな町でさえ、静寂にはすぐ気づくものだ。マーティンズがまだ三階にまで昇りきらないまえに、ライムはいないだろうと信じるようになった。しかしその静けさは、人がいないというよりも、もっと深い静けさだった。ウィーン中のどこを探してもライムはいない、そんな印象だった。四階まで昇った時に、どこにでもある光景だが、ドアのハンドルに黒いリボンがかかっているのが眼に入った。もちろん、死んだのは料理人かもしれない、家政婦かもしれない、ハリー・ライム以外の人間だということは大いにあり得ることだ。しかし彼は知っていた、二十段も下からそれを感じていた、ライムが、祈禱を告げるひびの入った鐘の鳴りわたる、陰気な学校の廊下ではじめて会ってから二十年、英雄として崇拝しつづけてきた、あのライムが死んだのだ。それは間違いではなかった。厳然たる事実だった。ドアのベルを数回鳴らすと、不機嫌な顔をした小男が、別の部屋から頭を出して、当惑した調子で言った、「駄目だよ。誰もいないよ。死んだんだ」

「ライムさんが？」

「ライムさんさ、もちろん」

あとになってマーティンズは私に述懐した、「最初は意味が呑み込めなかった。《タイムズ》紙の豆ニュースみたいに、ちょっとしたニュースとしか思えなかったのです。私は問い返しました、『それはいつだったのですか？　どんなふうにして？』」

「自動車にひかれたんだよ、この前の木曜日にね」と答えて、いかにもおれの知ったことかといわんばかりに、無愛想につけ加えた、「今日の午後に埋葬だよ。ひと足違いだったね」

「誰が葬式を？」

「ああ、友達が二人ばかりと、棺桶さ」

「入院してなかったのですか？」

「病院へ入れたってどうしようもなかったろう。自分の家の前でひかれたんだから——即死だよ。右側のフェンダーが肩にふれて、兎みたいにひき殺されたのさ」

〝兎〟という言葉を聞いて初めて、とマーティンズは私に話したが、死んだハリー・ライムの記憶がよみがえってきた。〝借物〟という言葉の意味をマーティンズに教えてくれた無断持出しの鉄砲を見せびらかしている少年の姿を思いだした。ブリックワース共有地の長い砂地の兎穴の間からとび出してきて、「撃て、馬鹿野郎、撃つんだ！　そこだ！」とどなった。マーティンズに撃たれた兎は、足を引きずりながら穴にとびこんだ。

「どこに葬るんですか？」と彼は踊り場に立って、男に尋ねた。

「中央墓地だよ。この霜じゃ大仕事だろう」

どうしたらタクシー代が払えるかわからなかったし、ウィーン中に英貨五ポンドで住めるような部屋が見つかるかどうかもわからなかったが、とにかくハリー・ライムの最期を見届けようと思った。彼は市内をはなれて、中央墓地のある郊外（イギリス地区）へまっしぐらにタクシーを飛ばした。途中でソ連地区を通り、近道をするためにアメリカ地区にも入ったが、いたるところにアイスクリーム屋があるので、それとすぐにわかった。中央墓地の高い塀に沿って市電が走っていた。その向かい側には、大きな石屋と花屋が一マイルも延々《えんえん》と続いていた――持主の現われるのを待っている墓石と、会葬者を待っている花環の、明らかに無限の連鎖だ。

マーティンズは、ハリー・ライムとの最後の会見をしようとする、この巨大な雪に覆われた公園の面積が見当もつかなかった。ハリーが、「ハイド・パークで会おう」という伝言をのこしていったようなものだった。しかも、アキレスの彫像からランカスター・ゲイトまでの広大な場所に、どこといって指定もなく。墓地の間を通る路は、すべて番号が記してあり、名前がついていた。それが、巨大な車輪の輻《や》のように延びていた。タクシーは西へ半マイル走り、それから北へ半マイル、転じて南へ……雪は威風堂々たる家族の墓石にグロテスクな喜劇味を与えていた。雪の房が天使の顔に斜めにかかっていた。聖者は重い白い口ひげをつけていた。ウォルフガング・ゴットマンという高級官吏の胸像は、雪の前立軍帽《まえだて》を、酔っぱらいのように、あみだにかぶっていた。この墓地でさえ四大国に区画されていた。ソ連地区は、武装した兵隊の、巨大で味もそっけもない彫像で区別されていたし、フランス地区は、無銘の木製の十字架の列と、破れて色あせた三色旗で示されていた。その時マーティンズは、ライムがカトリック教徒であったことを思いだし、今まで探しまわって見当たらなかったイギリス地区に葬られるはずのないことをさとった。そこで、引き返して、森の中心を通って車を走らせた。墓石が木の下に横たわる狼のように、薄暗い常緑樹の下で白い眼をキラキラさせていた。とつぜん木蔭から、奇妙な十八世紀風の、黒と銀の制服に、三角帽をかぶった三人の男が、手押車のようなものを押して現われ、墓石の森の乗馬道路を横切って、ふたたび姿を消した。

埋葬にまにあったのは、まったくの幸運だった。広大な墓地の一点が、雪がシャベルでかきわけられ、少数の人間が集まって、何か秘密の作業を営んでいるようだった。司祭が語り終わったところで、その言葉が、まばらに、しかもしとしとと降りつづける雪の中に、かすかに聞こえてきた。棺はまさに地中に埋められようとしていた。背広姿の二人の男が墓穴のそばに立っていた。一人は花環を持っていたが、明らかに棺の上へ落とすのを忘れていた。連れの男に肱《ひじ》でつつかれて、ハッとして、花を落とした。若い女が少し離れて立っていたが、両手で顔を覆っていた。そうして、私は二十ヤード離れた別の墓のそばで、誰がいるかと注意深く監視していた。マーティンズにとって私は、レインコートを着た男としか映らなかった。彼は私のそばへ来て尋ねた、

「誰の葬式ですか？」

「ライムという男です」と私は答えたが、この見知らぬ男の眼に涙があふれてきたの

を見て、びっくりした。彼は涙を流すような男には見えなかったし、ライムはその死を悼《いた》む人間がありそうにも思えぬ男だったからだ。純真な涙を流してくれる心からの哀悼者があるとは思えなかった。もちろん、例の女はいたが、女というものは一般原則にはあてはまらない。

マーティンズは私にぴったり寄りそって、埋葬が終わるまで立ちつくしていた。あとになって聞いたことだが、彼は旧友として、これらの新しい友人たちの邪魔はしたくなかった、ライムの死は彼らのものだ、彼らにまかせておこう。しかし、彼は、ライムの生涯、とにもかくにもその二十年は自分のものだ、というセンチメンタルな幻想にとらわれていた。埋葬が終わるとすぐに——私は宗教的な男でないから、死につきもののから騒ぎには、いつも少々我慢がならなくなるのだ——長い足をしたマーティンズは、いつももつれそうに見える足取りで、タクシーのほうへもどっていった。彼は誰にも話しかけようとしなかった。涙は今こそ本当にハラハラとこぼれていた。われわれの年配になると、ほんの数滴を絞りだすのが精いっぱいなのだが。

保安警察簿というものには完成ということがない。関係者が全員死んでしまって、一世紀もたってからでさえ、事件は終結しないのである。そこで私は、マーティンズのあとを追った。他の三人は知っていた。私は見知らぬ男のことが知りたかった。彼のタクシーのところで追いついたので、こう言った、「私は車がないんですが、町まで乗せていただけませんか？」

「いいですとも」と彼は言った。私のジープの運転手はわれわれが出かけたのに気づいて、こっそり尾行してくるだろう、と私は信じていた。われわれの車が出る時に、彼が後ろをふりかえらないのに気がついた。すぐに立ち去ったり、後ろをふりむきもしないで出かけるようなことをしないで、最後の見おさめをしてみたり、プラットフォームで手を振っているのは、たいていは偽物の会葬者や恋人なのだ。おそらく、自分を愛するあまり、人眼にいつまでも自分を触れさせておきたい、死人にまで見せてやりたい、と思うからだろう。

「私はキャロウェイといいます」

「マーティンズです」

「ライムのお友だちですか？」

「そうです」と彼は答えたが、先週だったらたいていの人間が、ライムの友人であることを認めるのをためらったことだろう。

「こちらには、ずっと以前から？」

「今日の午後、イギリスから来たばかりです。ハリーから招待されたものですから。

何も知りませんでした」

「驚かれたでしょう？」

「あの、実は、さっきから飲みたくてたまらないんですが、現金がないのです——イギリスの金を五ポンド持ってはいるんですが。一杯おごってくださったら、恩にきますがね」

今度は私が「いいですとも」と言う番だった。私はちょっと考えて、運転手にケントトナー通りの小さなバーの名前を教えた。彼は通過途上の英軍将校やその夫人たちでごった返している英軍のバーに姿を見せるようなことはしたくないだろう、と私は思った。このバーならば、おそらく値段が法外なせいだろうが、他人には眼もくれない二人連れが一組いるくらいなもので、それ以上入っていることは稀《まれ》だった。が、困ったことは、飲み物が一種類しかなかった。甘いチョコレート・リキュールで、給仕人がコニャック並みの料金を取ることにしていた。しかし私の見るところでは、現在と過去にヴェールをかけてくれるものなら、マーティンズはどんな飲み物にも異存はないようだった。戸口には、六時から十時まで、と他の店と同じような営業時間が書いてあったが、ドアをあけて、正面の部屋を通り抜けていけばよかった。われわれは小部屋を占領した。唯一の二人連れは隣室にいた。顔見知りの給仕人は、キャビアのサンドウィッチを置いて、退《さが》ってしまった。私がつけがきくことを二人とも知っていたのは、幸いだった。

マーティンズは二杯目をグッと飲みほすと、「失礼しました、いちばんの親友だったものですから」と言った。

事情が事情であり、彼を困らせてやろうと思っていたから――そういうやり方で、いろいろなことがわかるものだ――私はこう言わずにはいられなかった、「三文小説みたいですね」

「ぼくは三文小説を書いています」と彼は口早に答えた。

とにかく何者かを私は知ったのだ。彼が三杯目を飲み終わるまでに、この男は口の重い人間だ、という印象を私は受けていた。しかし、四杯目を飲めば不愉快になる種類の人間だろう、とかなりの確信を持った。

「あなたのことを話してください――それから、ライムのことも」

「ね、もう一杯やりたいんですがね、見ず知らずの方にそんなにおねだりするわけにはいきません。一ポンドか二ポンド、オーストリアの金に両替えしてくれませんか？」

「そのことなら、ご心配には及びません」と私は答えて、給仕人を呼んだ。「休暇でロンドンに帰ったら、ごちそうになりますよ。ライムとどうして知り合いになられたか、それを伺《うかが》うところでしたね？」

彼がチョコレート・リキュールのグラスを手にして、ためつすがめつしていたところを見ると、カットグラス製だったかもしれない。「ずっと前のことですよ。ハリーとぼくたちのようなつき合いをした者はなかったでしょうね」と彼は言った。私は事務所にある探偵の報告を集めた分厚い調査簿のことを考えた。どれも同じ趣旨の報告だった。私は自分の使っている探偵に信頼を置いていた。選りぬいた腕利《うでき》きの連中だった。

「どのくらい？」

「二十年――いや、もうちょっと前からかな。学校へ入った最初の学期でした。今でも場所を憶えてます。掲示板も、それに何が書いてあったかも憶えていますよ。ベルの音だって耳に残ってます。彼は一年上で、コツを知っていましてね、おかげでいろんなことを教えてもらいました」彼はすばやくリキュールをすると、もっとよく鑑賞しようとでもいわんばかりに、ふたたびカットグラスをひねりまわした。それから口を開いて、「変ですね。女との出会いはあれほどはっきり憶えてないんですがね」

「彼の成績はどうだったんですか？」

「常識的には優等生じゃなかったですね。しかし、その考えていることといったら！　プランを立てることにかけちゃ、天才でしたね。歴史や英語といった科目じゃ、ぼくのほうがずっと良かったのですが、彼のプランを実行するということになると、ぼくはぜんぜん駄目でした」彼は笑いだした。酒とおしゃべりのおかげで、友人の死のショックを忘れかけていた。「ひっかかるのは、いつもぼくでした」

「ライムにとっては都合がよかったわけですね」

「何ですって？」と彼は問い返した。アルコールがだいぶまわっていた。

「え、そうじゃなかったんですか？」

「ぼくが悪かったんですよ、彼のせいじゃない。選ぼうと思えば、もっと機敏なやつもいたはずなのに、彼はぼくが好きだったんですよ」たしかに、三つ子の魂百までというが、私もライムは辛抱強い男だと思っていた。

「最後に会ったのはいつですか？」

「ああ、六カ月前に、医学の学会のために彼はロンドンへ出てきました。彼は実際にはやりませんでしたが、医師の資格は持っておりましたからね。ハリーらしいやり方ですよ。何か自分でできるかどうか試してみたくなる、それが終わると、興味をなくしてしまうんですよ。しかし彼に言わせると、これがなかなか重宝するもんだそうです」これも本当だった。彼の知っているライムが、私の知っているライムにピッタリ一致しているのは不思議だった。ただ彼は、違った角度から、あるいは違った光のもとで、ライムの像を眺めているだけだった。「ぼくがハリーを好きだった一つの理由は、彼のユーモアです」と言って、彼はニヤリとしたが、五歳も若く見えた。「ぼくは道化役なんです。ぼくは馬鹿を演じるのが好きですが、ハリーは本物のウィットを持ってました。ね、彼はその気になったら、一流の軽音楽の作曲家になったでしょう」

彼はあるメロディーを口笛にのせたが、それは不思議にも私が聞き馴れたものだった。「ぼくはいつもこいつを思いだすんです。ハリーが書くのを見ていました。封筒の裏にね、ほんの二分くらいのあいだにですよ。何か考えごとをしている時には、彼はいつもこの曲を吹いていました。彼のテーマ・ミュージックといったところでしょうね」彼はもう一度その曲を吹いた。そのとき私は作者を思いついた――もちろんハリーの作曲ではない。よほど話してやろうかと思ったが、そうしたところで何の役にたつ？　調べはゆれて、消えていった。彼はじっとグラスを見つめていたが、残った酒を飲みほすと、こう言った、「あんな死に方をしたかと思うと、とてもたまらない」

「彼の一生のうちで、いちばんいいことだったでしょうよ」

彼は私の言っていることが、すぐには呑みこめなかった。いささか酔っていたのだ。

「いちばんいいこと？」

「そう」

「何の苦痛もなかった、というんですか？」

「むしろ、幸せだったでしょうね」

私の言葉ではなく、声の調子が彼の注意を引きつけた。彼は穏やかな言葉で、しかし襲いかからんばかりの気配で尋ねた——右手がしっかり握りしめられたのが見えた——「何かあったというんですか？」

どう考えても腕力を見せる理由はなかった。私は彼の拳が届かないように、椅子を後ろに引いて、それから口を切った、「本署で彼の事件を調べ上げたのです。本来なら長い間——非常に長い間——服役しなければならなかったでしょうな——今度のことがなかったらね」

「なぜです？」

「彼はこの町で後ろ暗い生活をしているやつの中でも最悪の闇商人でしたからね」

彼は私との距離を目算して、いま坐っているところからでは届かない、とあきらめたことが、私にもわかった。ロロはなぐりたいのだが、マーティンズは堅実で、慎重だった。マーティンズは危険人物だということが、私にわかりかけてきた。しかし結局のところ完全な誤解をしていたのではなかったか、とあとで思うようになった。マーティンズがロロの作りだしたロボットにすぎないことが見抜けなかったのだ。「あんたは警官ですか？」と彼は尋ねた。

「そうです」

「ぼくは警官を憎みつづけてきたんだ。やつは悪党か馬鹿か、どっちかだ」

「あなたはそういう本を書いているんですか？」

逃げ道をふさごうとして、彼が椅子をにじり寄せてくるのがわかったので、給仕人に眼くばせをした。給仕人はすぐに意味をさとった——人と面会するのに同じバーを使っていると得《とく》なことがあるものだ。

マーティンズは薄笑いを浮かべて、穏やかに言った、「ぼくはそいつらを保安官《シエリフ》と呼ばなきゃならない」

「アメリカにいたことがあるんですか？」これは馬鹿げた質問だった。

「いいや。それは尋問ですか？」

「ただの興味ですよ」

「ハリーがそういう種題の闇商人なら、ぼくもそうにちがいないから聞いたんでしょう。ぼくたちはいつもいっしょに仕事をしていたんだから」

「彼はあなたを——組織のどこかに——引き入れるつもりだったかもしれませんね。彼があなたに罪をきせるつもりだったとしても、私は驚きませんね。それが学校時代から彼のやり口だった——そう言いましたね？　それじゃ、校長先生も少しは物を覚えたでしょう」

「あんたは形式主義だ、そうでしょう？　どこかのケチな悪党がガソリンの闇をやった。だがホシがあがらない。それで死人を捕えた。いかにも警察官らしいやり方だ。あんたは本物の警察官だね？」

「そうです。ロンドン警視庁のね。しかし、勤務中は大佐の服を着せられますよ」

彼は私とドアの間にまわりこんできた。テーブルから離れようとすれば、どうしても彼の手の届くところへ出てしまう。私は腕に自信はないし、とにかく彼は六インチも背が高いのだ。私は言った、「ガソリンじゃなかったんですよ」

「タイヤ、サッカリン——どうしてきみたち警官は、たまには人殺しをつかまえないんだ？」

「そうですね、人殺しも彼の商売の一つでしたよ」

彼は片方の手でテーブルを押しやると、空いたほうの手をふり上げて、私にとびかかってきた。しかし酒のおかげで目算が狂った。やり直そうとしたとたんに、私の運転手が両腕でがっしり彼をおさえた。「手荒なことをするな。たかが飲んだくれの小説家なんだから」と私は言った。

「乱暴はおよしください」と運転手が言った。彼は将校相手の言葉づかいが板につきすぎていたから、ライムに向かっても、〝ございます〟口調を使ったのだろう。

「おい、キャラハン、だったか、きさまの名前は……」

「キャロウェイ。ぼくはイギリス人だ、アイルランドじゃない」

「きさまをウィーン中で大恥をかかせてやるからな。迷宮入りの罪を死人に押しつけるような真似はさせておかないぞ」

「なるほど。真犯人を見つけてくださろうというんですね？　あなたの小説みたいな話ですな」

「おれは出ていくよ、キャラハン。きさまの眼にゲンコツをくらわせるよりも、赤恥をかかせてやったほうがいい。眼の縁《ふち》を真っ黒にしたところで、二、三日ベッドに寝かせるだけのことだからな。だがな、おれがこいつをやりとげたら、きさまはウィーンにはおられんぞ」

私は二ポンド相当の軍票を取りだして、彼の胸ポケットにねじこんだ。「今夜はこれでまにあうでしょう。明日の飛行機でロンドンへ帰るんですね」

「おれを追いだすことはできないはずだ。書類は完全だからな」

「そうです。しかし、ここもほかの町と同じでね、金がいるでしょう。もしあなたが闇市でイギリスの金を両替えしたら、二十四時間以内に逮捕しますよ。行かせてやれ」

ロロ・マーティンズは洋服の塵《ちり》を払うと、「ごちそうになって、ありがとう」と言った。

「どういたしまして」

「恩にきなくてもすむから、大助かりだ。つけがきくんだろ？」

「そうです」

「情報が入ったら、一週間か二週間のうちにまた会うよ」と言った。彼が立腹していることはわかっていた。その時は、彼が本気で言っているとは思わなかった。自尊心を持ち直そうとして一芝居打っているのだ、と思っていた。

「明日、お見送りに行くかもしれませんよ」

「時間の無駄だよ。おれはそんなところにはいやしない」

「このペインがザッハーまでお送りします。あそこでお泊まりください。ホテル代は私がお引き受けします」

　彼は給仕人に道をあけるようなふりをして、一歩わきへ寄ったと思うと、いきなり私になぐりかかってきた。私はかろうじて避けたが、テーブルにぶつかった。再度なぐりかかってくる彼を、そうはさせじと、ペインが口のあたりをなぐりつけた。彼はテーブルの間の狭い床の上にもんどり打って倒れた。起き上がった彼の唇から血が流れていた。「暴力には訴えないと約束されたはずでしたがね」と私は言った。

　彼は袖口で血をふきながら言った、「そんなことを言うもんか。きさまに赤恥をかかせてやりたいと言ったんだ。きさまの眼玉をなぐりつけてやらないと言ったおぼえはない」

　その日はとても長く感じられた。私はロロ・マーティンズのことはどうでもよくなっていた。それで、ペインに、「間違いなくザッハーへお届けするんだぞ。こちらさんが乱暴をしなかったら、おまえのほうから手を出しちゃいけないよ」と命じておいて、二人に背を向けて奥の間へ足を向けた。私はもう一杯飲ませてもらってもいいはずだ。ペインがさきほどなぐりつけたばかりの男に向かって、「こちらでございます。車はすぐそこの角を曲がったところにおります」と言っているのが聞こえてきた。

3

次に起こったことは、ペインの報告からではなくて、ずっとあとになってマーティンズから聞いたことである。起こった事件の鎖をつなぎ合わせてみると――マーティンズの考えていたのとまったく同じというわけではないが――私は赤恥をかかされたということになる。ペインはただ彼をホテルのフロントへ連れていって、「この方は飛行機でロンドンから来られたのですが、キャロウェイ大佐が、部屋をとってあげてくれ、と言われました」と説明しただけだった。相手が諒承すると、彼は、「では失礼いたします」と挨拶して、立ち去った。マーティンズの唇から血が出ているので、きまりが悪かったのだろう。

「ご予約いただいておりますのでしょうか？」と係の者が尋ねた。

「いや、していないと思うんだが」とマーティンズは、ハンカチで口をおさえたまま、モグモグと答えた。

「お客様はデクスター様かと思っておりましたが。デクスター様なら一週間のご予約でございます」

「ああ、ぼくはデクスターです」とマーティンズは言った。あとになって私に話したのだが、彼はライムがその名前で予約しておいてくれたのかもしれないと思った。宣伝に用いられるのは、ロロ・マーティンズではなくて、バック・デクスターだろう、と考えたにちがいないからだ。その時、すぐ脇で声がした、「空港でお眼にかかれなくて、ほんとうに失礼しました、デクスター先生。私がクラビンです」

相手はがっしりした、中年になったばかりの男で、頭が禿げあがり、角縁《つの》の眼鏡、それもマーティンズが今までに見たことのない度の強い眼鏡をかけていた。彼は弁解をつづけた。「同僚がたまたまフランクフルトに電話をかけまして、先生が飛行機に乗っておられることを聞きました。実は司令部が例のばかばかしい間違いをいたしまして、先生がおいでにならないと電報を打ってまいりました。スウェーデンでどうとか言いましてね。電文がひどく混乱しておりました。フランクフルトから情報が入りましたものですから、すぐ飛行場までお出迎えにまいったのですが、ついお見それしてしまいました。私の伝言はごらんになりましたでしょうか？」

マーティンズは、ハンカチで口をおさえながら、「え、え」と口の中でつぶやいた。

「こんなことを申しあげて失礼ですが、デクスター先生、お眼にかかれて私は本当に喜んでおります」

「ありがとう」

「子供の頃から、先生は現代最高の小説家だと思っておりました」

マーティンズはたじろいだ。抗議したくも、口を開くのは苦痛だった。それで、彼は相手を睨《にら》みつけたが、この男が悪ふざけを言っているとは思えなかった。

「オーストリアにはたくさん先生の愛読者がおります、デクスター先生、原書でも翻訳でも読まれております。とくに『曲がったへさき』は有名で、これは私も愛読しております」

マーティンズは考えこんでいた。「えーと――部屋を一週間予約したと言いましたね？」

「はあ」

「どうもご親切に」

「ここのシュミット氏が毎日食券を差し上げることになっております。しかし、多少はお小遣いもお入用かと思います。それは私どもでお世話をいたします。明日はご休養なさりたいかと存じます――見物でもなさって」

「そうです」

「もちろん、もし案内役がお入用でしたら、私どものほうから誰か伺《うかが》わせます。それから、明後日の晩に、協会でこぢんまりした討論会を開くことになっております――現代小説について。ひとつ皮切りに、簡単にお話を願いまして、それから質疑応答ということにいたしたいと思いますが」

その時のマーティンズは、どんなことでも承諾する気持になっていた。クラビン氏から一刻も早くのがれたかったし、身銭を切らなくてもすむ一週間分の部屋と食事が確保したかった。それにロロは、あとになって私にもわかったのだが、どんな提案でも――酒であれ、女であれ、冗談であれ、新しい刺戟であれ――受け入れる男であった。いまも、「いいですとも、いいですとも」とハンカチの中に言葉を吐いていた。

「失礼ですが、デクスター先生、歯がお痛みですか？　とてもいい歯医者を知っておりますが」

「いや。なぐられましてね、それだけのことです」

「ええっ！　何か盗《と》ろうとしたのですか？」

「いや、兵隊ですよ。そいつのいまいましい大佐の眼をなぐりつけてやろうとしたもんですからね」と彼はハンカチを取って、切れた唇をクラビンに見せてやった。彼の話によると、クラビンは言葉も出なかったそうである。マーティンズは彼の偉大な同時代人ベンジャミン・デクスターの作品を読んだことがなかったし、名前も聞いたことがなかったから、クラビンの気持がわからなかった。しかし私はデクスターの大の崇拝者だから、クラビンが呆然としたことがよくわかる。デクスターは、ヘンリー・ジェイムズ（アメリカ生まれのイギリス作家、一八四三～一九一六）と肩を並べる名文家だが、師匠よりも女性的な傾向が強かった。彼の敵は、その微妙で複雑な、しなやかな文体を、オールド・ミス的と評することがあった。それも無理からぬことかもしれない、まだ五十まえの男が、刺繍に夢中になって、それほど波立ってもいない心をレース編みで鎮めるという習慣は、弟子どもには愛される傾向かもしれないが、ほかの人間には、いささかきざっぽいと思われるのは当然である。

「『サンタ・フェの孤独な騎手』という本を読んだことありますか?」

「いえ、読んでおりません」

「この孤独な騎手に親友がいましてね、それがロースト・クレイム・ガルチという町で保安官に射殺されたのです。物語というのは、その騎手がいかにして保安官を追いつめ、もちろん合法的にですよ、そうして仇を討ったか、という話です」

「先生が西部物を読んでおられるとは知りませんでした」とクラビンは言った。〝しかし、それはぼくが書いたんですよ〃とロロが言おうとするのを、マーティンズはやっとのことで押しとどめた。

「それで、ぼくも同じようにしてキャラハン大佐をつけねらっているんですよ」

「そんな名前は聞いたことありません」

「ハリー・ライムは？」

「聞いております」とクラビンは言ったが、用心深くつけ加えた、「しかし、よくは存じません」

「ぼくはよく知っているんですよ。親友でしてね」

「彼はとくに——文学的な人間だとは思いませんでしたが」

「ぼくの友だちはみんなそうじゃないんです」

クラビンは角縁《つの》眼鏡の奥で神経質にまばたきした。そうして、取りなすように言った、「しかし彼は劇には興味を持っておりました。彼の友人、女優ですが、それが協会で英語の勉強をしております。彼は一、二度彼女を迎えにきたことがあります」

「若いんですか、年をとってるんですか？」

「ええ、若いです、とても若いのです。もっとも、あまりうまい女優だとは思いませんが」

マーティンズは、墓のそばに立って、両手で顔を覆っていた彼女を思いだした。

「ハリーの友だちなら誰にでも会いたいのです」

「たぶん先生のご講演に出席するでしょう」

「オーストリア人ですか？」

「そう言ってはいますが、私はハンガリー人じゃないかと思います。ヨーゼフシュタット劇場に出ております」

「なぜオーストリア人だというんですか？」

「ロシア人はときどきハンガリー人に興味を持ちますのでね。ライムが彼女の書類を作ってやったとしても不思議ではありません。自分ではシュミットと名乗っておりますす。アンナ・シュミット。若いイギリスの女優が自分でスミスと名乗りますでしょうかね、それもきれいな女が？　どうみても、私には偽名としか思えません」

マーティンズは、クラビンから聞きだせるものは全部知りえたように感じたので、今日はいろんなことがあって、すっかり疲れたからと言いわけをすると、明朝電話をかけることを約束して、当座の用に十ポンド相当の軍票を受け取り、自室に入った。面白いように金が入ると思っていた——一時間にもならないのに十二ポンド。

彼は本当に疲れていた。靴をはいたままでベッドに身体を横たえると、それがよくわかった。一分もたたないうちに、彼はウィーンをはるか後にして、くるぶしまで雪につかりながら、深い森の中を歩いていた。梟《ふくろう》が鳴いた、彼はとつぜん孤独と恐怖を感じた。ハリーとある木の下で会うことになっていたが、こんな深い森の中で、その木を見つけることがどうしてできようか？　その時、人影を見つけた。彼は走り寄った。相手はなつかしい調べを口笛で吹いていた。それを聞くと彼の心は、もはや一人ぼっちではないという安心と喜びにたかまった。だが、ふりかえったその人は、ハリーとは似ても似つかぬ別人で、びしょびしょした雪どけの、小さな丸いぬかるみの中に立って、彼のほうを向いてニヤニヤしていた。そのあいだ、梟は二度、三度と鳴いていた。ベッドのそばの電話のベルに、彼はとつぜん眠りを破られた。

外国訛《なま》り、それもあるかなしかの訛りの入った声が呼びかけていた、「ロロ・マーティンズさんですか？」

「そうです」今度はデクスターではなくて、自分自身に変わっていた。

「ご存じないでしょうが」と、よけいな前置きをして、「ぼくはハリー・ライムの友人です」

ハリーの友人だという人物が現われたのも、一つの変化だった。マーティンズは、その正体も知らぬ男に親近感を感じていた。「お眼にかかりたいですね」

「ぼくは角を曲がったすぐの〈オールド・ウィーン〉にいるんですがね」

「明日にしてくれませんか？　今日はいろんなことがあって、疲れてしまったんですよ」

「あなたのお世話をするように、ハリーから頼まれていたものですから。彼が死んだ時いっしょにいたんですよ」

「ぼくはまた――」とロロ・マーティンズは言いかけて、口をつぐんだ。彼は、「ぼくはまた、彼は即死したんだと思ってましたが」と言いかけたのだが、何物かが彼を用心させた。それで、「まだあなたのお名前を伺《うかが》ってませんが」と言った。

「クルツです。あなたのところへ伺いたいんですが、ご承知のように、オーストリア人はザッハーへ入れませんのでね」

「たぶん明日の朝、〈オールド・ウィーン〉でお眼にかかれるでしょう」

「いいですとも、それまで絶対に大丈夫だとおっしゃるのなら」

「どういう意味ですか？」

「あなたがお金を持っていらっしゃらないことを、ハリーは気にしていました」ロロ・マーティンズはベッドの上に仰向けになって、受話器を耳にあてたまま、考えこんでいた。金がほしけりゃウィーンへおいで、か。五時間もたたないのに、これで三人目だ、しかも見ず知らずの人間ばかり。「ああ、お眼にかかるまでは大丈夫です」と用心深く答えた。真意を知るまでは、せっかくの申し出を断わる必要もなさそうだった。

「では、十一時にしましょうか、ケルントナー通りの〈オールド・ウィーン〉で？ ぼくは茶の背広を着て、あなたの著書を持っていきます」

「けっこうです。しかし、どうやってぼくの本を手に入れました？」

「ハリーがくれました」と、その声はすばらしく魅力的で、温和だった。しかし、さよならと言って電話を切ったとたんに、マーティンズは、ハリーがそれほど気にしていたのなら、死ぬ前になぜ電報を打って旅行を中止させなかったのかと思った。キャラハンも言っていたではないか、ライムは即死だった、あるいは、苦しみもしなかったと。そうじゃなかったのか？ それとも、自分がキャラハンにそう言わせたのだったか？ その時はじめて、ライムの死に何か問題があると彼は固く信じるようになった。愚かな警察の発見できない何事かがあるのだ。煙草を二本吸っているうちに発見しようとしたが、眠りに落ちてしまった。夕食も食べていなかったし、謎も解けないままだった。長い一日ではあったが、謎が解けるほどに長くはなかった。

4

「一目《ひとめ》見たとき、彼が嫌いになったのは、そのかつらでした」とマーティンズは、私に語った。「それは、一見してそれとわかるかつらでした。平べったくて、黄色で、後ろで髪が切りそろえてあって、しかも、ぴったり合っていないんです。禿《はげ》を平静な気持で受け入れようとしない人間には、何かインチキくさいところがあるにちがいありません。それに、顔の線がですよ、メーキャップしているみたいに、眼の隈《くま》なんか、実にあるべきところに注意深くできているんです。それが魅力と気まぐれを示しているというわけです。彼はロマンチックな女学生にアピールするようにできていました」

この会話が取りかわされたのは、数日後のことだった。彼は残らず話してくれたが、捜索の手がかりはほとんど消えていた。私たちは〈オールド・ウィーン〉の、彼が最初の朝にクルツと向かい合っていた席に坐っていた。彼がロマンチックな女学生についてそんなことを言ったとき、どちらかといえばおびえた彼の眼が、とつぜん何かに釘づけにされた。それは若い女だった。しかし、どこにでもいるような女で、吹雪《ふぶき》の中を急ぎ足に通りすぎていった。

「何かきれいなものでも?」

彼は視線をもどして、こう言った、「ああいうことはさっぱり手を切りました。ね、キャロウェイさん、ああいう類《たぐい》のことをすっかり放棄する時が、人生には来るもんですね」

「なるほど。しかし、あなたは女のひとを見つめておられたようだったが」

「そうですよ。でもね、それは彼女がふいとアンナ、アンナ・シュミットのことを思いださせたからです」

「誰ですか、それは? 女ではないんですか?」

「ええ、そうですよ、ある意味ではね」

「ある意味、というのはどういう意味ですか?」

「彼女はハリーの女だったのです」

「で、あなたが引きつごうというわけですか?」

「そういう女じゃありませんよ、キャロウェイさん。葬式の時にお会いになりませんでしたか？　ぼくはもうカクテルを作るのはごめんです。一生続くほどの二日酔にかかっているんですから」

「さっき、クルツについてのお話を伺《うかが》っていたところでしたね」

クルツは間違いもなくそこに坐って、いかにも読んでいますと言わんばかりに、『サンタ・フェの孤独な騎手』をひろげていた。マーティンズがそのテーブルにつくと、彼は見えすいた空々しい熱心さで、「緊張を保つことがお上手ですね」と言った。

「緊張？」

「サスペンスです。あなたはサスペンスの大家ですね。章の終わりへくるとかならず、次に何が起こるかを期待させられる……」

「あなたはハリーのお友だちだったのですか？」

「ええ、いちばんの親友だったと思います」と言ったものの、すぐにクルツはつけ加えた。誤りに気づいたらしい。「もちろん、あなたを別としてですよ」

「どんなふうにして死んだのですか？」

「彼が死んだとき、ぼくはいっしょにいました。ぼくたちは彼のアパートの戸口から出てきたんですが、その時ハリーが、道の向こう側に友だちがいるのを見つけて――それは、クーラーというアメリカ人なのですが――それで、彼がクーラーに手招きして、道を横断してそちらへ行こうとした時に、ジープが恐ろしい勢いで角を曲がってきて、ハリーをひいてしまったんです。まったくハリーの過失で、運転手の罪じゃなかったんです」

「一説によると、彼は即死だったというのですが」

「そうだとよかったんですがね。しかし、救急車がきた時には、もう死んでました」

「口はきけたんですか、その時？」

「ええ。苦しみながらも、あなたのことを気にかけていました」

「何と言いました？」

「言葉どおりには憶えてませんがね、ロロ――ロロとお呼びしていいですか？　彼はいつもあなたのことをそう呼んでましたからね。ハリーはぼくに、あなたが到着なさったら、お世話をするようにと、気にかけていましたよ、お世話をするようにとね。帰りの切符も買ってあげるようにと言ってました」そんな話を私に語りながら、マーティンズは、「ね、お金だけじゃなく、帰りの切符まで手に入ろうとしていたんですよ」と言った。

「でも、なぜぼくに旅行を中止させるように電報を打たなかったんですか？」

「打ちましたよ。でも、届かなかったんでしょう。検閲やら、地区の関係やらで、電報が五日もかかることがあるんですからね」

「検屍はありましたか？」

「もちろん」

「警察じゃ、ハリーが何かの闇取引に関係があるような、奇妙な考えを持っているようですが、ご存じですか？」

「いや、知りません。しかし、ウィーン中の人間が皆やってますよ。煙草を売ったり、軍票をシリングに替えたり、そういったことをやってますよ。管理委員会の連中だって、規則を破ったことのないやつはいないでしょうよ」

「警察はもっと悪質なものを考えているようですね」

「連中は、ときどきとんでもないことを考えつきますからな」と、かつらをつけた男は用心深く言った。

「ぼくは、やつらの間違いを証明するまで、ここに滞在するつもりです」

クルツはキッとなってこちらを向いた。そのはずみに、かつらがほんの少しだけずれた。「何の役に立つんです？　ハリーは生き返ってきやしませんよ」

「ぼくは、あの警察官をウィーンから追放してやりたいのです」

「どんなもんですかね」

「ぼくはハリーが死んだところから調査を始めようと思っています。あなたは現場におられた、それから、このクーラーという男と運転手もいた。彼らの住所を教えてください」

「運転手のは知りませんね」

「検屍官の記録を見て、ぼくが調べます。それから、ハリーの女の……」

クルツは言った、「あの女にとっちゃ辛《つら》いことでしょうよ」

「彼女のことなんかどうだっていいのです。ぼくが問題にしているのはハリーです」

「警察が嫌疑をかけているのが何だか、ご存じですか？」

「知りません。腹を立ててしまったので、聞きませんでした」

クルツはおだやかに言った、「大丈夫ですかね、何かを掘りあてる――そう、ハリーにとって不名誉なことを――そういうことにはならないですか？」

「そうなっても、かまいません」

「そうすると、少しばかり時間と金がかかりますね」

「時間はありますし、お金はいくらかあなたが貸してくださるんじゃなかったですか？」

「ぼくは金持ちじゃありませんよ。ただあなたのお世話をして、帰りの飛行機に乗せる、それをハリーに約束しただけで……」

「金のことはご心配いりません――飛行機のこともね。だが、賭けてもいいですが――五ポンド――五ポンドを二百シリングにかけます――ハリーの死には何か奇怪なことがありますよ」

暗闇のなかで鉄砲を撃ったようなものだったが、すでに彼は、何か間違いがある、とはっきり直感していた。しかし、〝殺人〟という言葉はそれに結びついていなかった。ちょうどクルツは、コーヒーカップを唇の近くまで持っていったところだった。マーティンズは注視していた。明らかに的ははずれた。クルツはさりげない手つきでカップを口まで上げて、ちょっと音をたてて、ゆっくりすすった。それから、カップをおろすと、口を開いた、「どういう意味ですか――奇怪というのは？」

「死体があるということは、警察にも好都合でしたが、本物の闇商人にも、おそらく好都合だったんじゃありませんかね？」と言い終わったとき、その乱暴な言葉に、クルツがまったく動揺しなかったわけではないことを知った。クルツは警戒して、落ち着こうとして固くなったのではないか？　罪人の手が震えるとはかぎらない。カップをとり落として、心の動揺を暴露するのは、小説の中だけで起こることだ。緊張はむしろ、工夫された動作となって現われることが多い。クルツはなんにも耳に入らなかったかのように、コーヒーを飲んだ。

「そう」——彼はもう一度コーヒーをすすった——「もちろんご成功は祈りますよ。しかし、事件なんてものはなかったと思いますがね。ぼくにしてほしいことがあったら、おっしゃってください」

「クーラーの住所が知りたいのです」

「いいですとも。書いてあげましょう。これです。アメリカ地区にあります」

「あなたのお住まいは？」

「ちゃんと書いておきました——下のほうに。あいにく、ソ連地区にいるものですから、夜あまり遅くに訪ねてこられないほうがいいですよ。あのへんじゃ、ときどき事件が起こりますからね」と言いながら、彼一流の工夫をこらしたウィーン式微笑をたたえていた。口と眼のあたりの小さな線を、細いブラシで丹念にかいたような魅力だった。「連絡をしてください、もしご用がありましたら……しかし、やっぱり、あまり賢明じゃないと思いますがね」と言って、『孤独な騎手』を取り上げた。「あなたにお眼にかかれて光栄です。サスペンスの大家にね」と、片方の手でかつらをなでながら、もう一方の手で静かに口をぬぐうと、まるで嘘のように微笑がかき消されていた。

5

ヨーゼフシュタット劇場の楽屋口の内側にある、固い椅子にマーティンズは腰かけていた。マチネーが終わってから、彼はアンナ・シュミットに名刺を通したが、それには〝ハリーの友人〟と記されてあった。楽屋はレースのカーテンのかかった小さな窓がならんだアーケードになっていて、灯が一つ一つ消えていった。そこでは俳優たちが家へ帰るために手廻り品をまとめ、砂糖なしのコーヒーに、バターなしのロールパンで、夜の公演の腹ごしらえをしようとしていた。映画のセット用に屋内に作られた小路のようだったが、屋内でも寒かった。重いオーバーを着ている人間にさえ寒さがひしひしと感じられた。それで、マーティンズは立ち上がって、小窓の下をあちこち歩きまわった。彼はジュリエットのバルコニーがどこにあるかわからないロメオのようだった、と述懐していた。

時間があったので、彼は考えた。いまは落ち着いていた。ロロではなくて、マーテインズが力を得てきた。窓の一つの灯が消えて、女優が彼の歩いている通路に降りてきたが、彼は振りむこうともしなかった。そんなことは卒業していたのだ。彼はクルツの言ったことは本当だと思った。みんなの言うとおりだ。自分はロマンチックな幻想にとりつかれた馬鹿者のような行動をしている。ちょっとアンナ・シュミットに声をかけて、哀悼の意を表したら、荷物をまとめて帰ろう。彼はクラビン氏のやっかいな事件をすっかり忘れていたそうである。

彼の頭上で、「マーティンズさん」と呼ぶ声が聞こえた。上を向くと、頭の数フィート上にあるカーテンの間から、一つの顔が彼を見つめていた。またカクテルを作りだしたんでしょうと私がたしなめたとき、彼ははっきり言った、美しい顔ではなかった、と。ただ正直そうな顔で、黒い髪と黒い瞳、それが光線の関係で褐色に見えていた。広い額に大きな口、相手をひきつけようというものは何にもなかった。髪の毛の香りや、腰にまいた一本の手が人生を変えてしまうような、だしぬけの、無謀な瞬間の訪れる危険はどこにもない、ロロ・マーティンズにはそんなふうに思われた。彼女は言った、「おはいりになりませんか？　右から二つ目のドアです」

すぐに友だちだとわかる人間がいるものですよ、と彼は真顔になって私に説明した。自分がぜったいに危険に陥ることはないとわかっているから、いっしょにいても安心な人物。「アンナはそういう女でした」と彼は言った。「でした」と過去形を使ったのは意識的だったのかどうか、私にはわからなかった。

女優の部屋というものは、こういうものではないはずだが、この部屋にはほとんど装飾がなかった。衣裳のつまったタンスもなかったし、化粧品やドーランもちらばってはいなかった。あるものといっては、ドアにかかった一枚の化粧着と、二幕目に着ていたのを彼が憶えていた一枚のセーターが、これまたただ一脚の安楽椅子にかかっているのと、使いさしのドーラン罐が一つだけだった。ガス台の上で湯沸かしが静かに音を立てていた。「お茶をあがりますか？　先週誰かが一袋送ってくれました――アメリカ人がときどき送ってくれますのよ、初日に、花の代わりに」

「いただきたいですね」と彼は言ったが、お茶ほどきらいなものはなかった。彼女がお茶をいれるのを、彼はじっと見つめていた。もちろんまったくなっていなかった。お湯は沸騰していないし、ポットはあたためてないし、お茶の葉は少なすぎた。「どうして英国人はお茶が好きなんでしょうね、あたしにはわかりませんわ」

薬でも飲むように、彼は一杯ぐっと飲みほして、彼女が気取ってチビチビすすっているのを眺めていた。「あなたにぜひお眼にかかりたかったのです、ハリーのことで」

さっと緊張が流れた。それを聞いて彼女の唇がこわばったのが、彼にもわかった。

「ええ？」

「彼とは二十年来のつきあいなのです。ぼくは彼の友人でした。学校も同じでしたしね、それから後も――何カ月も会わなかったということはありませんでした……」

「あなたの名刺をいただいたとき、いやとは言えませんでしたわ。でも、特別にお話しすることはないんじゃありません？――ありませんわ」

「伺《うかが》いたいことは――」

「あの人は死にました。それでおしまいです。なにもかもすみました、終わりました。お話ししてみたところで何の役に立ちますかしら？」

「ぼくたち二人とも彼を愛していたのです」

「あたしにはわかりませんわ。そんなことはわかりませんわ――あとになってからでは。これ以上なにもあたしにはわからない――ただ――」

「ただ？」

「あたしも死にたいと思います」

マーティンズは私にこう言った、「それでぼくは帰りかけました。ぼくの突拍子もない考えのために彼女を苦しめて、何の役にたつのか？　でも、一つだけ質問しました、『クーラーという人を知ってますか？』」

「アメリカ人ですか？　その人だと思いますわ。ハリーが死んだとき、あたしにお金をとどけてくれたのは。あたしはほしくなかったのですけれど、ハリーが——息を引きとるときに——心配していたと言うものですから」

「それじゃ即死じゃなかったのですね？」

「ええ、そうじゃありません」

マーティンズは私に話した、「ぼくがどうしてそう思いこんでしまったのか、疑問になってきたのですが、考えてみれば、アパートの男がそう言っただけなんです——ほかには誰もそんなこと言ってやしない。それで、彼女にこう言ってやりました、『彼は最後まで意識は明瞭だったんでしょうね——だって、ぼくのことも憶えていたんですからね。ということは、苦痛がなかったというわけでしょうね』

「あたしはいつも、そうだったと自分に言いきかせてますわ」

「医者に会いましたか？」

「一度だけ。ハリーの紹介で行ったことがあります。ハリーのかかりつけの医者だったんです。それに、近所に住んでいたものですから」

マーティンズはとつぜん、不思議なことに、心の片隅にこんな絵を眺めていた。まったくだしぬけで、わけのわからぬことではあったが、その絵というのは、荒れはてた土地で、地面に死体がころがり、一群の鳥がたかっていた。おそらくそれは、意識の入口で形成されている、まだ書かれていない彼自身の小説の一場面であったろう。その絵が消えるやいなや、彼は事故があったとき、ハリーの友人がぜんぶ――医師、クルツ、このクーラーという男――居合わせたというのは、なんとも奇妙なことだと考えた。しかも、彼を愛している二人の人間だけは現場にいなかったのだ。彼は言った、「それで、運転手は？　彼の証言はお聞きになりましたか？」

「彼は気も動転して、おびえきっていました。でもクーラーの証言で無罪になりました、それから、クルツも証言しました。ほんとうに、運転手の罪じゃなかったんですわ、かわいそうに。ハリーはいつも注意深い運転手だと言っていましたもの」

「運転手もハリーを知っていたんですか？」と、彼は尋ねた。別の鳥が一羽まい降りてきて、死者にたかる仲間の群に加わった。死者は砂の上につっ伏していた。着衣によって、また、暑い夏の午後、運動場の端の草むらに眠っている少年のような姿勢によって、それがハリーであることがわかった。

誰かが窓の外で呼んだ、「シュミットさん」

「いつまでも部屋にいるのをいやがるんですのよ。電気をくうもんですからね」と彼女は説明した。

彼はなにもかも彼女に打ちあけることにした。「警察はハリーを逮捕するつもりだったらしいですよ。何か闇商売をやった嫌疑をかけられていたんです」

彼女はクルツと同じ態度でそのニュースを受け取った。

「誰だってやってますわ」

「彼がとくに悪質なことをやっていたとは思いませんがね」

「そうですとも」

「でも、巻きこまれていたかもしれない。クルツという男を知っていますか？」

「憶えてませんけど」

「かつらをつけた男ですよ」

「あっ」彼は急所をついたと思った、「彼らがみんな――ハリーが死んだ時に居合わせたのは変だと思いませんか？　みんなハリーを知ってたんですよ。運転手も、医者も……」

彼女はあきらめたように、静かに言った、「あたしも、クルツのことは知りませんでしたけど、そのことは変だと思ってました。みんなでハリーを殺したんじゃないかと思いましたけど、疑ってみても何にもなりませんでしょ？」

「ぼくはやつらをつかまえてやるんだ」

「なんにもならないわ。たぶん警察の言うことは本当でしょう。きっとハリーは何かに——」

「シュミットさん」と、またしても声がした。

「行かなければなりません」

「そのへんまでごいっしょしましょう」

あたりはほとんど夜になっていた。雪もしばらくやんで、跳ねている馬、戦車、鷲、そうした環状道路《リング》の巨大な彫像は、たそがれの薄明のなかに灰色を呈していた。「あきらめて、忘れてしまったほうがいいですわ」とアンナは言った。雪かきのしてない鋪道に、月光に照らされた雪が、くるぶしの深さまでつもっていた。

「医者の住所を教えてくれませんか？」

彼女が書いてくれているあいだ、二人は塀の蔭に立っていた。

「あなたのご住所は？」

「なぜお聞きになりたいの？」

「お知らせすることがあるかも知れませんから」

「今となっては、どんな報《しら》せも手遅れですわ」彼は遠くから、彼女が電車に乗るのを見守っていた。風に向かって頭を下げたその姿は、雪の上に立つ黒い疑問符のようだった。

6

素人《しろうと》探偵というものは、プロより有利な点を持っている。それは、時間にしばられないということだ。ロロ・マーティンズは八時間労働に拘束されてはいなかった。捜索を食事のために中断する必要はなかった。私の部下なら二日かかるところを、彼は一日ですることができた。それに、われわれよりも絶対に有利な点は、彼がハリーの友人であるということだった。われわれが周辺をつついているのに、彼はいわば内側から攻めていた。

ヴィンクラー博士は在宅していた。おそらく、警察官ならば面会しなかったろうが、今度もまたハリーは、呪文のような〝ハリー・ライムの友人〟という言葉を名刺に記していた。

ヴィンクラー博士の待合室は、骨董屋《こっとうや》——宗教美術品を専門に扱う骨董屋——を思い起こさせた。かぞえきれないほどの十字架があったが、どれ一つとして十七世紀以後のものはなかった。木製や象牙の像があった。聖者の遺物を納めた箱もたくさんあった。骨の小片があったが、それには聖者の名前が記されており、錫箔《すずはく》を背景として楕円形の枠に納められていた。もしこれが本物だとしたら、聖スザンナの関節の一部がヴィンクラー博士の待合室に鎮座ましますとは、不思議なめぐり合わせだ、とマーティンズは思った。背の高い、見るからに恐ろしい椅子さえも、かつては枢機卿が坐ったであろうと思われた。部屋はむっとしていて、香のにおいがしそうだった。小さな金の箱には、キリストがはりつけにされた聖十字架の破片がおさめられていた。くしゃみの音に彼はハッとした。

ヴィンクラー博士は、マーティンズが今までに見たこともないほど、身ぎれいにしている医者だった。非常に小柄であったが、きちんとしており、黒い燕尾服に、背の高い、固いカラーをつけており、その小さな口ひげは、礼服用の蝶ネクタイのようだった。彼はもう一度くしゃみをした。こんなに身ぎれいにしているから、風邪をひいたのだろう。「マーティンズさんですか？」と彼は言った。

ヴィンクラー博士をはずかしめてやりたいという抵抗しがたい欲求が、ロロ・マーティンズに襲いかかった。彼は、「ヴィンクラー先生ですか？」と尋ねた。

「ヴィンクラーです」

「面白いコレクションをお持ちですね」

「ええ」

「この聖者の骨は……」

「鶏と兎の骨です」とヴィンクラー博士は、大きな白いハンカチを、手品師が国旗をとりだすように、袖から引きだすと、鼻を片方ずつ手際よくかんだ。一回ごとにハンカチを捨てるのではないかと思うほどだった。「失礼ですが、マーティンズさん、ご訪問の目的をおっしゃってくださいませんか？　患者を待たせてありますので」

「ぼくたちはハリー・ライムの友だちでした」

「私は彼の主治医でした」と、ヴィンクラー博士は訂正して、十字架の間にムッとして彼の言葉を待っていた。

「ぼくは検屍にまにあいませんでした。ハリーはぼくに何かを手伝わせようとして、こちらへ呼んだのですが、どんな用件だったのか、よくはわかりません。ここへ着いてはじめて彼の死んだことを知りました」

「お気の毒でした」

「そんなわけですから、できるだけのことを伺いたいのです」

「あなたのご存じないことは、私も知りません。彼は車にひかれました。私がかけつけた時は、すでに息を引き取っておりました」

「意識は全然なかったのでしょうか？」

「家の中へ運びこまれるほんのちょっとの間だけ、意識はあったと思います」

「ひどく苦しみましたか？」

「そうでもなかったでしょう」

「ほんとうに不慮の事故だったとお思いですか？」

ヴィンクラー博士は手をさしだして、十字架をなおした。「私は現場におりませんでした。私の意見は死因についてだけです。なにか納得のいかない理由でもおありですか？」

素人はプロにまさるもう一つの利点がある。素人は無鉄砲なことができる。言わずもがなの真実をぶちまけることもできるし、乱暴な自説を披露することもできる。マーティンズは言った、「警察はハリーを非常に悪質な闇取引の関係者だとにらんでおりました。彼は殺されたんじゃないか――ひょっとしたら、自殺したんじゃないか、とぼくは思うんですが」

「私には意見を述べる資格はありません」

「クーラーという男をご存じですか？」

「知りませんね」

「ハリーが死んだ時にいたはずです」

「それじゃ、もちろんお眼にかかったはずですね。かつらをつけた人ですか？」

「あれはクルツです」

ヴィンクラー博士は、身ぎれいなばかりではなく、およそマーティンズが見たこともないほど用心深い医者だった。彼の陳述は極度に限定されているため、その真実性を一瞬たりとも疑うことはできない。「あそこには第二の男がいました」と、彼は言った。彼は猩紅熱《しょうこうねつ》患者を診断するとしても、発疹《ほっしん》が出ているとか、体温はこれこれである、としか言わないだろう。検屍に立ち会っても、誤りを犯す心配はない。

「長い間ハリーの主治医をしておられましたか？」とマーティンズは尋ねた。博士はハリーが選びそうもない人柄のように思えた。ハリーという男は、何か向こう見ずなところのある、過失を犯すことのできる人間が好きだったのだ。

「一年ほどですね」

「どうも、お訪ねいただいて恐縮でした」と、ヴィンクラー博士はおじぎをした。その時、ワイシャツがセルロイドでできているかのように、ほんのかすかではあるが、キーッという音がした。「患者さんがお待ちのようですから、これ以上先生をお引きとめもできません」と、マーティンズが辞去しようとすると、別の十字架像に向かい合ってしまった。腕を頭上にあげて十字架にかかっている像だった。エル・グレコ的苦悶に満ちた顔だった。「これは変わった十字架ですね」

「ジャンセニストです」とヴィンクラー博士は説明して、よけいなことを言いすぎたとでもいいたげに、固く口を結んだ。

「そんな名前は聞いたことがありません。なぜ腕を頭の上にあげているんですか？」

ヴィンクラー博士はいやいやながら説明した、「キリストは、彼らの考えによれば、選ばれた者のためにだけ死んだからです」

7

私の調査簿や、会話の控えや、いろいろな人物の供述を調べてみると、この段階ならば、まだロロ・マーティンズが無事にウィーンを立ち去ることが可能であったと思う。彼は病的な好奇心を示しはしたが、その病気は各段階でくいとめられている。誰もまだ何物をも失ってはいなかった。欺瞞《ぎまん》のなめらかな壁をさぐる彼の指は、まだその本当の割れ目をさぐりあててはいなかった。ロロ・マーティンズがヴィンクラー博士のもとを辞去した時には、彼はまだ安全だった。この段階ならば、クーラーを訪ねていってを高くして眠ることができたはずだった。ザッハー・ホテルのベッドで、枕も、面倒はおこらなかったはずである。誰も深く心を煩わされている者はいなかった。しかし彼にとって不幸なことには――ひどく残念に思うことが彼の人生にはいつもあるようだが――ハリーのアパートへもう一度行ってみようという気になったのだ。例の交通事故を目撃したという、当惑顔の小男と話がしたかった――ひょっとしたら、まだ全部は話していないのかもしれない。暗い凍《い》てついた街を歩いていると、このまクーラーのところへ行ってみたい、そうしてハリーの死体のまわりにむらがる不吉な鳥の絵を完成したいという気持に駆られたことがあったが、ロロは、ロロなればこそだが、コインを投げて決めることにした。その結果は、別の行動を生むことになり、二人の男が死ぬことになったのだ。

おそらく例の小男――コッホという名前――は葡萄酒を一杯飲みすぎたのだろう、あるいは、今日は勤めが愉快だったというだけのことかもしれないが、今度は、ロロ・マーティンズがベルを鳴らすと、上機嫌で、おしゃべりをしたい気分になっていた。ちょうど夕食が済んだばかりで、口ひげにパン屑をつけていた。「ああ、憶えてますよ。ライムさんのお友だちですね」

彼はマーティンズをたいへん温かく迎えて、大女の細君に紹介したが、彼が完全に尻に敷かれていることは明らかだった。「ああ、昔ならね、コーヒーの一杯ぐらい差し上げるところだが、今じゃね――」

マーティンズがシガレット・ケースをすすめると、なごやかな空気が一段と深まった。「昨日来られた時は失礼しました。実は、わたしは頭痛気味で、家内は出ておりまして、わたしがドアをあけることになったものですから」

「本当に事故を見たとおっしゃいましたね？」

コッホ氏は細君と顔を見合わせた。「検屍もすんだ、イルゼ。かまわんだろう。おれの判断を信じてくれよ。こちらさんは友だちだ。そうです、わたしは見ました。しかし、そんなことを打ちあけるのは、あなただけですよ。もっとも、見たというよりは、聞いたといったほうが本当でしょうね。急ブレーキをかける音がして、タイヤがキーッと鳴ったんで、窓にとびだしたんですが、ちょうど死体を運び込むところでした」

「しかし、あなたは証言なさらなかったんですか？」

「こういう事件にはかかわりあいたくないですからな。事務所を休むわけにはいきませんしね。人手が足りないんですよ。それにもちろん、実際に見たわけじゃないし——」

「でも昨日は、事件の経過を話してくださったじゃありませんか」

「あれは、新聞に出ていたままのことですよ」

「ひどく苦しみましたか？」

「死んでましたね。ここの窓から真下に顔が見えました。死人というのはすぐわかるんです。というのはね、まあ、それが商売なんですよ。わたしはね、死体置場の主任書記なんです」

「しかし、ほかの人の話によると、即死ではなかったというのですが」

「そりゃね、みんなわたしほどには死人のことを知らないのですよ」

「彼はもちろん死んでいました、医者が来た時にはね。医者がそう言っていましたからね」

「即死ですよ。わたしはプロなんだ、信じてください」

「コッホさん、証言なさればよかったのにと思いますね」

「自分が可愛いですからな、マーティンズさん。それに、現場に居合わせたのは、わたしだけじゃなかったでしょうから」

「どういう意味です？」

「三人の男が、あなたの友だちを運び込んだんですよ」

「知ってます——二人の男と運転手」

「運転手は動かなかった。かわいそうに、すっかりショックを受けてね」

「三人の男……」裸の壁を指でさぐっているうちに、突如として、割れ目というほどではないにしても、少なくとも、注意深いはずの左官屋が塗り忘れたザラザラした個所に指が触れた思いがした。

「連中はどんな姿でした？」

だがコッホ氏は、生きた人間を観察することには馴れていなかった。目を引いたのは、かつらをつけた男だけだった。ほかの二人は、ただの男、つまり、高からず低からず、太ってもいず痩せてもいず、ということだった。なにしろずっと高いところから、いわば遠近画法によって見たのであるし、彼らは死体の上にかがみこんで、上を見なかった。それに、コッホは、自分が見られてはいけないと思って、あわてて眼をそらすと、窓をしめてしまったのだ。

「本当にわたしには証言することなんか何にもありませんよ、マーティンズさん」

証拠はない、とマーティンズは思った、証拠はないのだ！　彼は殺人が行なわれたことを、もはや疑わなかった。そうでなければ、なぜ彼らが死亡した現場について嘘をつくのか？　金と航空券とで、ウィーンにおけるハリーのたった二人の友人を沈黙させようとしているのだ。それで、第三の男とは？　それは誰だったのだ？

「ライムさんが外出するのを見かけましたか？」

「いいや」

「悲鳴を聞きましたか？」

「ブレーキの音だけですよ、マーティンズさん」

クルツと、クーラーと、運転手の証言のほかには、まさにその瞬間にライムが殺されたという事実を証明するものは何もない、とマーティンズは思った。なるほど、医師の証言はある。だがそれとても、せいぜい三十分以内に彼が死んだということを証明するだけだ。それに、いずれにしても、医師の証言というのは、十字架像のあいだでワイシャツを鳴らしている、あの身ぎれいな、自制心の強いヴィンクラー博士の言葉なのだ。

「マーティンズさん、つかぬことを伺《うかが》いますが――あなたはウィーンに滞在されるのですか？」

「そうです」

「もし下宿が必要なようでしたら、すぐに当局に話してごらんなさい。ライムさんの部屋が借りられるかもしれませんよ。接収財産ですからね」

「鍵は誰が保管してるんですか」

「わたしがあずかってます」

「部屋を見せてもらえますか？」

「イルゼ、鍵を」

コッホ氏は、かつてのハリーの部屋に案内した。小さな、暗い玄関には、まだ煙草の臭《にお》いが残っていた——ハリーがいつも吸っていたトルコ煙草だ。人間が死体となり、気体となり、朽ちはててしまっても、その人の臭いがいつまでもカーテンの襞にまつわりついているということは、なんとしても奇妙なことだった。びっしりビーズのついたシェードをかけた電灯がただ一つともっていて、その薄暗がりの中で、彼らはドアの把手《とって》をさぐっていた。

居間はがらんとしていた——マーティンズには、がらんとしすぎているように思われた。椅子はぜんぶ壁際に押しやられ、ハリーがつかっていたはずのデスクには、塵ひとつ、紙切れ一つ見えなかった。寄木細工の床は、鏡のように電灯を反射していた。コッホ氏はドアをあけて、寝室を見せてくれた。ベッドは清潔なシーツをかけて、きちんとこしらえてあった。浴室には使いさしの安全剃刀《かみそり》の刃一枚も見当たらず、これが数日前まで生きた人間が住んでいた部屋とは思えなかった。暗い玄関と、煙草の臭いだけが、人間の住んでいた家という印象を与えるだけだった。

「どうです、いつでも入れますよ。イルゼが掃除しておきましたから」

たしかに掃除はしてあった。死んだ時には、もっと紙屑がちらかっていたに相違ない。人間がとつぜん、思いがけなく永遠の旅路につく時は、なにか忘れていくにちがいない。未払いの勘定書もあるだろうし、公文書に返事もしないでそのままになっているかもしれないし、女の写真ぐらい残っているだろう。「書類は何もありませんでしたか、コッホさん？」

「ライムさんはいつも整頓のいい人でした。紙屑籠はいっぱいになっていましたし、書類鞄がありましたが、お友だちが持っていきました」

「お友だち？」

「かつらをつけた人です」

もちろん、ライムは殺されるのを予期していたということは考えられる。ひょっとしたら、マーティンズが助けにきてくれるのを待っていたのかもしれない。彼はコッホ氏に言った、「ぼくの友人は殺されたのだと思います」

「殺された？」コッホ氏の親切はその言葉でつみ取られてしまった。「あなたがそんな馬鹿げたことを言うと思ったら、ここへ案内するんじゃなかったですよ」

「なぜ馬鹿げているんですか？」

「この地区には殺人事件なんかないですよ」

「しかしやはり、あなたの証言には価値があるかもしれませんよ」

「わたしは証言なんかしませんよ。何も見てないんですからね。わたしは関係ないんです。すぐに出ていってください。とんでもない人だ」彼はマーティンズを玄関から押しだした。煙草の臭いは、すでに前よりも薄れていた。コッホ氏は自宅のドアをバタンとしめる前に、「わたしの知ったことじゃない」と最後の言葉を浴びせた。かわいそうなコッホさん！　われわれは好んで渦中の人となるのではないのだ。あとになって、マーティンズにこと細かに問いただした時に、私は彼に尋ねた、「階段か、外の道路に、誰か見かけませんでしたか？」

「誰もいませんでした」と彼は答えた。たまたま通りかかった人を思いだしたところで損をすることはないのだから、私はそれを信用した。彼は言葉をつづけて、「街全体がひっそりと静まりかえっていたのを憶えてます。爆弾でやられたところもありますしね、月が雪の斜面をこうこうと照らしていました。物音一つしませんでした。自分の靴が雪の中で鳴るのがはっきり聞こえましたからね」

「もちろん、だからといって何も証明したことにはなりませんよ。あなたを尾行してきた人間が、地下室に身を隠していたかもしれませんからね」

「そうです」

「あるいは、あなたの話がまったくの作りごとかもしれない」

「そうです」

「問題は、あなたがそうすることの動機が、私にはつかめないということです。なるほど、あなたは嘘の口実を使って金を儲けたんだから、すでに罪を犯したわけです。ライムといっしょになろうとしてウィーンへきた、おそらく彼の手伝いをして……」

「あなたがほのめかしておられる、その重大な闇というのは何だったのですか？」

「最初にお眼にかかった時に、あなたがいきなり怒りださなかったら、すっかりお話ししたろうと思いますね。しかし、今それをお話しするのは、賢明ではないでしょう、警察の情報を洩らすことになりますからね。それに、あなたの交友関係というのが、どうも信用できない。ライムの作った偽造文書を持った女とか、クルツという男とか……」

「ヴィンクラー博士……」

「ヴィンクラー博士を悪人と断定する資料は持っておりません。いや、もしあなたが悪人ならば、われわれの情報を必要としないはずですね。しかし、われわれがつかんでいることを正確に知ったら、あなたがたには役だつでしょう。ご承知のように、われわれの知っている事実は完全なものじゃありませんからね」

「たしかにそうだろうと思いますよ。ぼくなら風呂につかって、あなたよりも腕のいい探偵を考えだしますからね」

「あなたの文学的手法は、同姓の作家にとっては、あまりありがたくないですな」あのかわいそうな、困りはてた、英国文化交流協会《ブリティッシュ・カウンシル》の代表クラビン氏のことを思いだすたびに、ロロ・マーティンズは、苦悩と、当惑と、恥ずかしさに、顔を赤らめるのだった。それがまた、私をして彼を信頼させることになった。

彼はたしかにクラビンを何時間もいらいらさせた。コッホ氏と会ってから、ザッハー・ホテルへ帰ってくると、例の英国文化交流協会代表からの、弱りはてた置き手紙が待っていた。

〝一日中先生を探しまわりました。拝眉の上、正式のプログラムを組む必要があります。今朝《けさ》電話で、来週インスブルックとザルツブルクでの御講演を手配しておきました。しかし、公式のプログラムを印刷する関係上、題目について先生の御諒承を得なければなりません。次のような題目ではいかがかと思います。一つは、『西洋における信仰の危機』(先生は当地ではキリスト教作家として格別の尊敬を得ておられますが、この御講演はまったく非政治的なものにしたいと思いますから、ソ連や共産主義にはお触れにならないよう)、もう一つは、『現代小説の技法』です。同じ御講演をウィーンでもお願いいたしたく存じます。それとは別に、当地では先生に拝眉の栄を得たい人がたくさんおりますので、来週早々カクテル・パーティーを開きたいと思います。これらのことにつき、御相談申し上げたく存じます〟手紙はひどく不安そうな伝言で終わっていた、〝明晩の討論会には御出席のことと存じます。八時三十分に御光来願います。申し上げるまでもありませんが、御出席を期待しております。八時十五分きっかりにホテルへ車を差し向けます〟

ロロ・マーティンズは手紙を読み終わると、それ以上はクラビン氏のことを考えず、床についた。

8

二杯飲むと、ロロ・マーティンズの心はいつも女のほうへ向く――漠然と、センチメンタルに、ロマンチックに、異性という一般概念で考える。三杯目がすむと、狙いを定めようとして急降下する操縦士のように、ものになりそうな一人の女に焦点を絞ろうとする。もしクーラーが三杯目をすすめなかったら、おそらく彼はそれほどすぐにはアンナ・シュミットの家には行かなかったろう。そうして、もし――私の文章には〝もし〟が多すぎるが、それというのは、可能性、人間のさまざまな可能性を比較検討するのが私の商売で、運命の力などは、私の調査簿には登場しないからである。マーティンズは昼食時に、検屍報告書を丹念に読んで、またしてもプロにまさる素人の利点を遺憾《いかん》なく発揮して、クーラーのすすめるままに酒を飲んだ（勤務中の警察官なら飲まなかったろう）。彼がクーラーのアパートに着いたのは五時近かった。アパートは、アメリカ地区のアイスクリーム・パーラーの上にあって、階下のバーは、女を連れたアメリカ兵でいっぱいだった。長いスプーンのガチャガチャいう音や、奇妙な、無遠慮な、意味をなさない笑い声が、階段の上まで彼を追いかけてきた。一般にアメリカ人を嫌う英国人でも、心の底ではクーラーのような人間を例外だと思うだろう。乱れた灰色の髪に、心配そうな柔和な顔をして、遠視眼を持った男。一種の人道主義者で、発疹チフスが流行したり、世界戦争が勃発したり、中国に飢饉《ききん》があったりすると、同胞がまだ地図の上にその場所を見つけださないうちに、現地に現われるような人間である。それに、〝ハリーの友人〟という名刺が入場券のようなものだった。クーラーは将校の制服を着ていた。師団徽章《きしょう》の上には不可解な文字がついており、階級章はつけていなかったが、メイドは彼のことをクーラー大佐と言っていた。彼の温かい、うちとけた握手は、マーティンズがウィーンで出逢った最も好意的なものだった。

「ハリーのお友だちなら、どなたでも歓迎しますよ。あなたのことは伺《うかが》っておりました、もちろん」

「ハリーからですか？」

「ぼくは西部物の愛読者です」と、クーラーは言った。マーティンズはクルツを信じなかったが、彼の言うことは信じた。

「伺いたいんですが——現場におられたんじゃありませんか？——できたらハリーの死んだ時のことをお話しいただきたいのですが」

「恐ろしいことでした。ぼくはハリーのところへ行こうと思って、道を渡ろうとしていたんです。彼とクルツさんは歩道に立っておりました。あるいは、ぼくが横断しかけなかったら、彼はそのまま歩道に立っていたかもしれないんですがね。ところが、ぼくの姿を見つけて、彼はいきなりこちらへ歩きだした。そこへジープが——いや恐ろしいことでした。恐ろしいことでしたよ。運転手はブレーキをかけたんですが、まにあわなかった。ウイスキーをどうぞ、マーティンズさん。お恥ずかしいことですが、あのことを考えますとね、興奮してしまうんですよ」と言いながら、彼はソーダ水をついだ。「軍服は着てますがね、ぼくは人の殺されるのを見たことがないんですよ」

「車には誰も乗っていなかったのですか？」

クーラーはゆっくりと飲んで、それから、どのくらい残っているかを、その疲れた柔和な眼で計っていた。「誰のことを言っておられるのですか、マーティンズさん？」

「別の人間がいたということを聞いたものですから」

「どうしてそんなことをお考えになるのですかね。検屍報告書に全部書いてあるはずですが」と、彼はさらに二杯、気前よく酒をついだ。「ぼくたち三人いただけですよ——ぼくと、クルツさんと、運転手と。あ、医者が、もちろんおりました。あなたは医者のことを言っておられるんでしょう」

「ぼくが話をしていた男は、たまたま窓から見ていたというんです。彼は、ハリーの隣りに住んでいるんですが、それが、三人の男と運転手を見たんだそうです。しかも、医者の来る前なんです」

「法廷ではそう言いませんでしたよ」

「まきぞえをくいたくなかったのです」

「ヨーロッパ人はなかなか善良な市民にはなれませんね。義務なんですがね」とクーラーは、悲しげにグラスの上に顔を伏せた。「おかしなもんですよ、マーティンズさん、事故というものは。同じ報告ってものはないんですからね。だってね、クルツさんとぼくでさえ、細かい点じゃくいちがうんですよ。なにしろ突然のことですからね。バーンとくるまでは、誰も気をつけてなどいません。事件が起こってから、順序を立てて、思いださなくちゃならない。彼は前後のことを整理しようとして、頭が混乱して、ぼくたち四人の見境がつかなくなったんでしょう」

「四人？」

「ハリーを入れてですよ。ほかに何かを見たんですか、その人は、マーティンズさん？」

「とくにこれということはありません──ただ、ハリーが運び込まれた時には死んでいた、と言ってました」

「そう、死にかけていました──たいした違いはありませんよ。もう一杯いかがですか、マーティンズさん？」

「いや、けっこうです」

「そうですか、ぼくはもう一杯やりますよ。ぼくはね、マーティンズさん、あなたのお友だちが大好きでしてね、だから、その話はあんまりしたくないんですよ」

「それじゃもう一杯──おつきあいに。アンナ・シュミットをご存じですか？」と、ウイスキーが舌の上でヒリヒリするのを感じながら、マーティンズは尋ねた。

「ハリーの女ですか？　一度会ったことがあるだけです。実を言いますとね、ハリーが彼女の書類を作ってやるのを、ぼくが手伝ったんですよ。他人に言うべきことじゃないんだろうと思いますがね、規則を破らなきゃならないこともありますからね。慈善行為というのは一つの義務でもありますからね」

「何かまずいことがあったのですか？」

「彼女はハンガリー人で、父親がナチだったんです、まあ、そういう噂でした。彼女はソ連に逮捕されはしまいかとビクビクしておりました」

「なぜそんなことをするんですか？」

「なぜだか、よくわからんこともあるんですがね。まあ、イギリス人と仲よくすると危ないぞ、ということを示すためでしょうね」

「でも、彼女はイギリス地区に住んでいるんでしょう」

「そんなことは何にもなりませんよ。ジープをとばせば、ソ連軍の司令部からたったの五分ですからね。街路の照明は不十分だし、警官はめったにいませんしね」

「あなたはハリーからの送金を彼女に渡してやったんじゃありませんか？」

「そうです。でも、ぼくはそんなことを言うつもりはなかったんです。彼女が話したんですか？」

　電話が鳴った。クーラーはグラスを飲みほすと、「もしもし、ええ、そうです、クーラー大佐です」と言った。それから、受話器を耳にあてたまま腰をおろして、もの悲しげに、じっとこらえていた。遠くから誰かの声が部屋に流れてきた。「そう」、もう一度彼は、「そう」と言った。彼の眼はマーティンズの顔の上にとまっていたが、それを越してずっと遠くを見つめているようだった。無気力で、疲労して、やさしく、その眼は海の彼方を凝視していたのかもしれない。「それでいいんです」と、ほめるような調子で言ったが、今度はちょっと無愛想になって、「もちろん届けますよ。約束しました。さようなら」

彼は受話器を置くと、もの憂げに額に手をやった。思いださなければならないことを、なんとかして思いだそうとしているようだった。マーティンズが言った、「警察で問題にしている闇商売のことを何かお聞きになったことがありますか?」

「え、何ですか?」

「ハリーが何か闇商売に関係していたというんですか?」

「いや、違う、とんでもない。そんなことは絶対にありえませんよ。彼は義務の観念が強かったですからね」

「クルツは、ありうることだと思っていたようでしたがね」

「クルツには、アングロ・サクソンの気持はわかりませんよ」

9

マーティンズが、運河の岸を歩いていた時は、もう暮れかかっていた。運河の向こう岸には、半ば廃墟と化したダイアナ浴場が横たわり、遠くには、プラーターの観覧車の巨大な黒い円周が、壊れた家々の上にどっしりと構えていた。灰色の水の向こうは、ソ連領の第二地区だった。聖シュテファン教会は、その傷ついた巨大な尖塔を、都心の空につきだしていた。ケルントナー通りにさしかかって、マーティンズは憲兵隊の灯のともった入口を通りすぎた。国際パトロールの四人の隊員がジープに乗り込むところだった。ソ連の憲兵は運転手の隣りに坐った（ソ連はその日から向こう四週間、議長席につくことになっていた）。イギリス、フランス、アメリカの憲兵は後部座席におさまった。三杯目の強いウイスキーがマーティンズの頭に上って、彼はアムステルダムで知り合った女や、パリで仲よしになった女を思いだした。彼の歩く舗道は雑沓していたが、孤独はつきまとっていた。ザッハー・ホテルの建っている街の角を曲がらないで、そのまま歩きつづけた。ロロが主導権を握っていた。そうして、彼がウィーンで知っているただ一人の女のほうへ歩かせていた。

　私は彼に、どうして彼女の住居を知っていたのか、と尋ねた。ああ、と彼は答えた。前の晩に彼女がくれたアドレスを、ベッドの中で、地図をひろげて調べたのだった。彼は道が知りたかった。それに、地図を見るのが巧かった。彼は曲がり角や街の名前を容易に記憶することができた。それというのも、いつも片道は歩くことにしていたからである。

「片道？」

「女の子――か誰かを訪ねる時にはですよ」

　もちろん彼は、彼女が家にいることを知らなかったし、その晩はヨーゼフシュタット劇場の彼女の芝居が休演であることも知らなかった。あるいは、ポスターを見て、記憶に残っていたのかもしれない。とにかく、彼女は家にいた。もっとも、長椅子のように見せかけた寝台のある、暖房装置もない部屋に、ただ一人坐って、ゴテゴテ飾りたてた、坐りの悪い、不格好なテーブルの上に、タイプで打った脚本の第一ページがあけてある、それを〝家にいる〟と呼ぶならばの話である――というのは、彼女の気持は〝家にいる〟とはおよそ縁遠いものであったからである。彼は不器用な言い方をした（誰だって、いやロロでさえも、彼の不器用さがどれほどその技術の一部になっているかを言うことはできまい）、「ちょっとお寄りして、お眼にかかろうと思ったんですよ。ここを通りがかったものですから……」

「通りがかった？　どちらへいらっしゃるんですか？」都心からイギリス地区の端までは、歩いてたっぷり三十分はかかる距離だったが、彼はいつも返答を用意していた。

「クーラー大佐とウイスキーをやりすぎましてね。散歩をしなくちゃと思ったら、こちらへ足が向きました」

「ここにはお酒がないんですよ。お茶ならありますけどね。いくらか袋の中に残っていたと思います」

「いや、けっこうです。お忙しいんでしょう」と、台本を眺めながら言った。

「最初の一行からちっとも進みませんの」

彼は台本を取り上げて読んだ、「ルイーズ登場、ルイーズ『子供の泣き声が聞こえたわ』」

「ちょっとお邪魔してもいいですか？」と彼は、ロロというよりもマーティンズの穏やかさで尋ねた。

「どうぞ」と言われて、彼は長椅子の上にどかりと腰をおろした。あとになって彼から聞かされた話だが（恋人というものは、聞き手さえ見つかれば、どんな小さなことでも思いだして語るものだ）、その時が二度目になるが、彼ははっきり彼女を眺めた。彼女は尻のところに不手際なつぎのあたっているフラノのズボンをはいて、彼と同じようにぎごちなくつっ立っていた。両足をひろげて、しっかり踏んまえて、誰かに反抗して、一歩もゆずりませんといった様子だった——小柄な、どちらかといえば、ずんぐりした身体に、自分の優雅さはたたみこんで、舞台用にしまってあります、といった格好だった。

「いつもお天気が悪いんですか？」

「いま時分はいつも悪いんです。あの人もよく訪ねてきましたわ。ですから、あなたがベルをお鳴らしになったとき、ふっと……」と、彼女は彼の向かい側の固い椅子に腰をおろして、「お話しになって。あなたは彼のことをよくご存じですわ。何でもいいですからお話しになって」

それで、彼は話した。しゃべっているうちに、窓の外の空は黒くなってきた。しばらくしてから、彼は二人が手を取り合っていることに気づいた。彼は私にこう言った、「ぼくは恋におちるつもりはなかったんですよ。ハリーの愛人とね」

「いつ、そうなったんですか？」と私は尋ねた。

「とても寒かったので、ぼくは立ち上がって、窓のカーテンを閉めに行きました。立ち上がった拍子に、坐っている彼女の顔を見ますと、向こうもこちらを見上げました。美しい顔じゃなかった――それがいけなかったんですよ。毎日毎日いっしょに暮らしたい、そんな顔でした。飽きのこない顔でした。ぼくは言葉も通じない新しい国にとびこんだように感じました。女を愛するのは顔の美しさだ、とぼくはいつも思っていたんですがね。ぼくはカーテンのところで立ちどまって、それを引きもしないで、外を眺めていました。窓に映ったぼくの顔しか見えないんです。それで、後ろを振り返って、彼女のほうを見ました。彼女は、『それで、その時ハリーは何をしました？』と言うんですよ。ぼくはこう言いたかった、『ハリーのやつ。死んじまいやがった。ぼくたちは二人ともあいつを愛していたのに、死んじまった。死者は忘れられることになっている』とね。でも、もちろん、そうは言わなかった。ぼくが言えたのはこれだけです、『あなたはどう思う？　あいつは何事もなかったように、例のなつかしい口笛を吹いただけさ』そうして、ぼくはできるだけうまく彼女に口笛を吹いてやりました。彼女が息を飲むのが聞こえました。それでぼくは、あたりを見まわして、これが正しい方法か、これが正しい札か、これが正しい第一石か、それを考える暇もなく、思わず言ってしまいました、『彼は死んだ。あなたは彼のことをいつまでも思ってるわけにはいかない』」

「そうですわ。でも、まず何かが起こらなくちゃね」

「どういう意味――何かが起こるというのは？」

「ええ、それは、もう一度戦争が起こるとか、あたしが死ぬとか、あるいはソ連の兵士があたしを連れていくとか」

「そのうちに彼のことは忘れますよ。もう一度恋愛するでしょうよ」

「そうですね、でも、したくはない。したくないのがおわかりになりません？」

それで、ロロ・マーティンズは窓辺から引き返して、ふたたび長椅子の上に腰をおろした。彼が三十秒前に立ち上がった時には、ハリーの女を慰めている、ハリーの友人だったが、いまはアンナ・シュミットという、かつてこの二人がハリー・ライムと呼んでいた男の愛人を、愛しているのだった。その夜の彼は、ふたたび過去については語らなかった。その代わりに、自分が会った人々のことを彼女に話した。「ヴィンクラーは信用しても間違いない。だがクーラーは――ぼくはクーラーが好きだったんですがね。彼は、ハリーの味方をしたただ一人の友人だったのだが。困ったことには、クーラーが正しいとすれば、コッホが間違っているということになる。ぼくはそこに問題があると思っていたんですがね」

「コッホというのは？」

彼は、ハリーのアパートをもう一度訪ねた事情を説明して、コッホとの会見のてんまつ、第三の男のことをつたえた。

「もしそれが本当なら、とっても重大ですわ」

「それが何の証拠にもならない。結局、コッホは検屍尋問から逃げてしまったし、その男もそうだったかもしれない」

「それは問題じゃありません。問題は彼らが嘘をついたということです、クルツとクーラーが」

「それはひょっとすると、その男に迷惑をかけないためだったかもしれない――もし友人だったとしたらですね」

「でも、もう一人友だちがいた――現場に。そうなると、あなたのおっしゃるクーラーの正直さはどうなるんでしょうか？」

「どうにもならないんですよ。コッホは牡蠣《かき》みたいに黙りこくって、ぼくを追いだしたんだから」

「あたしなら追いださないでしょう。少なくともイルゼがそうはさせませんわ」

二人はいっしょにはるばるコッホのアパートへと歩いていった。雪で靴が重くなって、鉄のおもりをつけられた囚人みたいに、のろのろと歩かざるをえなかった。アンナ・シュミットが尋ねた、「遠いんですか？」

「ここまでくれば、そう遠くはありません。この先の人だかりが見えますか？　あのへんですよ」その人だかりは、白紙にインクがはねたようなものだった。インクの塊は流れ、形を変え、拡がった。二人がもう少し近づいていくと、マーティンズが言った、「あのあたりだと思いますね。何だと思う、あなたは？　政治デモかしら？」アンナ・シュミットは立ちどまって言った、「コッホのこと、誰かほかの人にお話しになりましたか？」

「あなたとクーラー大佐にだけ。なぜ？」

「あたしこわいわ。いつかも……」と、彼女は群集に眼を釘づけにした。彼女の複雑な過去から、どんな記憶がよみがえってきて、警戒心を起こさせたのか、彼には見当がつかなかった。「帰りましょうよ」と彼女は歎願した。

「何を言うんです。ここには何かがある、何か大きな……」

「あたし、あなたを待ってますわ」

「でも、あなたは彼と話をするはずだったんでしょ」

「なぜ人だかりがしてるのか、まず原因を……」彼女は脚光を浴びる職業の人間らしくもなく、「あたしは群集がきらい」と言った。

彼は一人でゆっくり歩きつづけた。雪が踵《かかと》にまつわりついた。人だかりは、誰も演説していないところを見ると、政治的な集会ではなかった。彼は自分の来るのを一同が待ち受けていたかのように、皆の顔がこちらに向けられたのを感じた。この小さな人だかりの縁《ふち》に達したとき、彼はそれがコッホのアパートであることを確認した。一人の男が彼をまじまじと見つめて言った、「あんたもそうかね？」

「どういう意味ですか？」

「警察の人」

「いや違います。警官が何をしているんですか？」

「一日中、出たり入ったりしてるよ」

「みんな何を待ってるんですか？」

「出てくるのを見ようというわけさ」

「誰が？」

「コッホさんが」その時マーティンズはなんとなく、誰か自分以外にコッホ氏が証言しなかったことを知ったのかもしれない、しかし、そんなことは警察沙汰にもなるまいに、と思った、彼は尋ねた、「彼が何をしたんですか？」

「それが、まだ誰にもわからんのさ。警察でもきめかねているようだ——自殺かもしれんし、殺人かもしれん」

「コッホさんが？」

「もちろん」

小さな子供がその男のところへ来て、手を引っぱった。「パパ、パパ」少年はおとぎ話の小人のように、毛糸の帽子をかぶって、その顔は寒さにちぢかんで、青ざめていた。

「うん、どうだった？」

「しゃべっているのを、鉄格子のこっちから聞いたよ、パパ」

「そうか、頭がいいなあ。何と言ってた、ハンゼル？」

「コッホのおばさんが泣いてたよ、パパ」

「それだけか、ハンゼル？」

「ううん。あの大男のおじさんが話してるのを聞いたよ、パパ」

「そうかハンゼル、おまえは利口だな。何と言ったか聞かしておくれ」

「こう言ったよ、『話してください、コッホさん、その外人はどんな顔つきでした？』」

「ハ、ハ、警察じゃ殺人だと睨《にら》んでるんだな。そうでないとは言えんだろう。どうしてコッホさんが地下室で、自分の喉をかき切らなきゃならんのだ？」

「パパ、パパ」

「なんだ、ハンゼル？」

「ぼくが鉄格子からのぞいたらね、コークスの上に血がついてたよ」

「なんて子だ、おまえは。どうして血だとわかるんだい？　どこだって雪洩れがしてるんだぞ」男はマーティンズを振り返って言った、「この子はカンがいいんだよ。大きくなったら小説家になるかもしれないね」

子供のかじかんだ顔が、マーティンズをまともに見つめた。子供は言った、「パパ」

「なんだ、ハンゼル？」

「この人も外人だね」

男が大声で笑いだしたので、十人くらいがこちらを向いた。「聞いてくださいよ、ええ」と彼は自慢顔に言った。「この子はね、あんたが外人だから、あんたがやったんだと思っているんだよ。近頃じゃ、ウィーンの人間より外人のほうが多いというのにね」

「パパ、パパ」

「なんだ、ハンゼル？」

「みんな出てくるよ」

ひとかたまりの警官が、カバーのかかった担架をとりかこんで、踏み固めた雪に滑らないように、注意深く階段をおろしていた。例の男は言った、「家がこわれてるからね、この道路には救急車が入らないんだ。角まで運ばなくちゃならない」コッホ夫人が行列の最後について出てきた。彼女は頭にショールをかぶり、古びた喪服を着けていた。舗道の端の雪の吹きだまりの中に、その丸々とした姿を沈めたとき、彼女は雪だるまのようだった。誰かが手を貸してやった。彼女は集まった野次馬たちを、困惑しきった絶望のまなざしで見まわした。一つまた一つと顔を眺めまわすのだが、友だちがいたとしても、わからなかったろう。彼女が通りすぎるとき、マーティンズは身をかがめて、靴紐をいじっていた。だが、地面から眼を上げると、ちょうど彼の眼と同じ高さに、せんさく好きな、ハンゼルの冷ややかな子供とはいえぬ凝視があった。

アンナのほうへ引き返す途中で、彼は一度振り返って見た。子供は父親の手を引っぱっていたが、その唇の形から、陰気なバラードのリフレインのように、「パパ、パパ」と呼んでいるのがわかった。

「コッホが殺された。引きあげましょう」と、彼はアンナに言った。あっちこっち角を曲がりながら、雪に足を取られながらも、できるだけ早く歩いた。あの子供の疑惑と警戒心が、雲のようにひろがっていくようだった——二人はどんなに早く歩いても、雲の影を逃れることはできなかった。「それじゃ、コッホの言ったことは正しかったんです。第三の男がいたのね」とアンナは言った。少ししてからまた、「殺されたにちがいありません。そんな大事なことであればこそ、隠すために殺したんです」と言ったが、彼の耳には入らなかった。

街路のつきあたりで、市電が氷柱《つらら》のような閃光を発した。二人は環状道路《リング》にもどってきた。マーティンズが言った、「あなたは一人で帰ったほうがいい。ほとぼりがさめるまでぼくはあなたから離れています」

「でも、誰もあなたを疑いはしませんわ」

「いや、警察は昨日コッホを訪問した外人について情報を求めているんです。当分は不愉快なことがあるかもしれない」

「なぜ警察へ出頭なさらないの？」

「やつらは馬鹿ぞろいですよ。ぼくは警察を信用しない。警察はハリーにどんな嫌疑をかけたと思います？　それに、ぼくはキャラハンという男をなぐろうとした。やつらはそれを根に持ってるんです。少なくとも、ぼくをウィーンから追放するぐらいのことはするでしょう。しかしぼくがおとなしくしていたら——ぼくを密告できるのは一人しかいません。クーラーです」

「でも、あの人そんなことしないでしょ？」

「しないでしょうね、もし彼自身が有罪ならばね。でもぼくには、彼が有罪とは信じられないんですよ」

彼と別れる前に、彼女は言った、「お気をつけになってよ。コッホはほとんど何も知らないのに、殺されたんですからね。あなたはコッホぐらいのことは知ってらっしゃるんですよ」

この警告は、ザッハー・ホテルへ帰るまで、彼の頭から離れなかった。九時過ぎると、もう人通りはなかった。彼は後ろに足音がするたびに振り返った。まるで、彼らが死にもの狂いで護っている第三の男が、死刑執行人のように彼を尾行しているかのようだった。グランド・ホテルの外に立っているソ連の歩哨は、寒さで硬直しているように見えたが、明らかに人間だった。彼は顔を持っていた。蒙古人の眼をつけた、正直な農民の顔を持っていた。だが、第三の男には顔がなかった。ただ頭のてっぺんだけが、窓から見えた。ザッハー・ホテルに入ると、シュミット氏が言った、「キャロウェイ大佐がおいでになりまして、あなた様にご面会になりたいとのことでございました。バーにおいでになると思います」

すぐ戻ってくるからと言い捨てて、マーティンズはすぐにまたホテルを出た。考える時間がほしかったのだ。ところが、外へ出たとたんに、一人の男が近づいてきて、帽子に手をあてると、きっぱりした口調で、「どうぞ」と言うと、前窓に英国旗のついたカーキ色のトラックのドアを勢いよくあけて、うむを言わせぬ態度で、マーティンズをうながした。彼は何も言わずにそれに従った。いずれ遅かれ早かれ、尋問は行なわれるにちがいない。アンナ・シュミットにはわざと呑気に見せただけのことだ。

凍った道をあまりにもとばすので、危なくてしようがない。マーティンズは文句を言ったが、運転手は無愛想に鼻を鳴らし、〝命令〟がどうしたとかつぶやいただけだった。「きみはぼくを殺せという命令を受けているのか」とマーティンズは言ったが、返事はなかった。ホールブルク王宮の上の巨人《タイタンズ》が、雪を着た大きな地球を頭にのせている像が見えたと思うと、まもなく薄暗い道路に入り、彼は方向感覚を失ってしまった。

「遠いのか？」と尋ねたが、運転手は知らん顔をしていた。マーティンズは考えた、少なくとも、おれは逮捕されたんじゃない。護衛がついていないではないか。おれはよばれたんだ――それが彼らの用語じゃなかったかな？――署へいって、陳述するために。

車がとまった。運転手は、先に立って、階段を二つ上がると、大きな二重ドアのベルを鳴らした。ドアの向こう側に大勢の声がしているのが、マーティンズの耳に入った。彼はキッとなって運転手のほうを振り向いて、「いったいここは……？」と言いかけたが、運転手はすでに階段を半分も降りていた。それに、ドアがもう開きかけていた。暗闇に馴れた彼の眼には、室内の灯りがまぶしかった。声は聞こえたが、クラビンがこちらへやってくるのが、ほとんど見えなかった。「ああ、デクスター先生、しびれを切らしておりましたよ。でも、遅刻なさっても、おいでくださってよかった。ヴィルブラハム嬢とマイエルスドルフ伯爵夫人にご紹介いたしましょう」

テーブルにはコーヒーカップがならび、コーヒー沸かしが湯気を立てていた。一人の女は働いて血色のいい顔をしている。二人の青年は、六年生のような、興奮した、頭のよさそうな顔を並べていた。そうして、後ろのほうにかたまって、家族の写真アルバムに出てくる顔のように、旧式なのやら、薄ぎたないのやら、熱心なのやら、陽気なのやら、大勢の愛読者が集まっていた。マーティンズは後ろを振り返ったが、ドアは閉まっていた。

彼は、絶望的になってクラビン氏に言った、「すみませんでした、実は――」

「そのことはどうぞご心配なく。コーヒーを一杯召し上がったら、ディスカッションに入りましょう。今夜はとても集まりがよろしいんです。きっと元気におなりになりますよ、デクスター先生」とクラビン氏は言った。青年の一人が彼の手にコーヒーカップを渡してくれた。そうして、砂糖を入れないほうが好きだと言う前に、もう一人の青年が砂糖をすくってくれた。いちばん年の若い男が、彼の耳にささやいた、「あとで先生のご本にサインしていただけませんか、デクスター先生?」黒い絹の服を着た大柄な婦人が、いきなり近よって、こう言った、「伯爵夫人がお聞きになってもかまいませんわ、デクスター先生、でも、私は先生のご本が好きじゃありません、賛成できませんわ。小説は筋が面白くなくちゃ、と思いますわ」

「そう思いますね」とマーティンズは、どうしようもなくて答えた。

「あの、バノック夫人、質問の時間までお待ちください」

「私はたしかに無遠慮ですけど、デクスター先生は正直な批評を尊重してくださると思いますわ」

彼が伯爵夫人だろうと思っていた老婦人が言った、「イギリスの本はあまり読みませんが、デクスターさん、評判を聞きますと、あなたのご本は……」

「全部お飲みになっていただけませんか?」とクラビン氏は言った。そうして、彼を急いで奥の部屋へ連れていった。この部屋には、大勢の年配の人が、半円形に並べた椅子に坐って、待ちくたびれた様子だった。

その集会の模様を、マーティンズは私に詳しく述べることはできなかった。彼の心はまだコッホの死によって、かきみだされていた。眼を上げると、いつなんどきハンゼル少年が現われて、〝パパ、パパ〟という、執拗にくりかえされる、情報屋の呼びかけを聞かされるかもしれない、という気がしていた。明らかにクラビンは開会の辞を始めた。私はクラビンを知っているから、彼が現代イギリス小説について、非常に平明で、非常に公正、かつ私見をまじえない概観を与えたものと確信する。彼の挨拶はたびたび聞いたことがあるが、招かれたイギリスの講演者に重点をおくだけで、あとはまったく同じなのである。おそらく技法のさまざまな問題――観点、時間の経過――に軽くふれて、それがすむと、これから質疑応答と討論に移ります、と宣したにちがいない。

マーティンズは最初の質問の意味が全然わからなかったが、幸いにクラビンが穴を埋めて、満足な解答をしてくれた。茶色の帽子をかぶり、首に毛皮を巻いた婦人が、ひどく熱心に尋ねた、「お尋ねいたしますが、デクスターさんは何か新作を書いていらっしゃいますか？」

「ああ、そう――そうです」

「何という題でしょうか？」

「『第三の男』」とマーティンズは答えたが、この難関を突破した結果、怪しげな自信をつけた。

「デクスターさん、いちばん影響を受けられた作家は誰ですか？」

マーティンズは、考えるまでもなく、「グレイ」と答えた。彼はもちろん、『紫よもぎの騎手たち』の作者を言ったのだ。だいたいみんなが満足したのを見て、彼は喜んだが、年配のオーストリア人が聞き返した、「グレイ。何グレイですか？　私はそんな名前は知りませんが」

マーティンズは、自分は大丈夫だと安心して答えた、「ゼイン・グレイ――ほかのグレイは知りません」だから、英国人の群から低い忍び笑いが起こったのには、狐につままれた感じだった。

クラビンは、オーストリア人のために、すぐに口をはさんだ、「あれはデクスターさんのちょっとした冗談です。先生の言われたのは詩人のグレイです――温厚で、柔和で、繊細な天才です――先生と共通点があります」

「それで、その人はゼイン・グレイというのですか？」

「それがデクスター先生の冗談です。ゼイン・グレイは、いわゆる西部物の作者です——山賊やカウボーイのことを書く、低級な大衆小説家です」

「偉大な作家ではないのですか？」

「いや、いや、とんでもない。厳密に申せば、作家とはいえません」その言葉を聞いて、はじめてムッときた、とマーティンズは私に語った。彼は自分を作家だと思ったことはなかったが、クラビンの自信が彼を立腹させた——クラビンの眼鏡から反射する光までが、いらいらさせる原因となった。クラビンは言った、「彼は単に通俗的な芸人でした」

「なぜ、いけないんだ？」とマーティンズは食ってかかった。

「ああ、いや、私はただ——」

「シェイクスピアは何だった？」

誰かが勇を鼓して言った、「詩人です」

「あんた、ゼイン・グレイを読んだことがあるのかね？」

「いえ、読んでは——」

「それじゃ、そんなこと言えないでしょう」

青年の一人が、クラビンの助太刀《すけだち》を買ってでた。「それじゃジェイムズ・ジョイス、ジェイムズ・ジョイスをどの位置に置かれますか？」

「置く、とはどういう意味ですか？　私は誰もどこにも置きたくありません」とマーティンズは言った。今日は本当にいろいろなことがあった一日だった。クーラー大佐といっしょに深酒を過ごした。恋に陥った。一人の男が殺された——そうして今は、自分はお笑い草になっているのだ、という不条理な思いを抱いていた。ゼイン・グレイは彼の英雄の一人だった。こんなばかばかしい話には我慢がならなかった。

「つまり、彼を真に偉大な作家の列に加えられますか？」

「本当のことを言わせてもらえば、そんな名前は聞いたことありません。何を書いたんですか？」

　彼にはよくわからなかったが、彼は深い感銘を与えたのだった。ただ偉大な作家のみが、かくも不遜な、かくも独自な態度が取れるのだ。幾人かの聴衆は、封筒の裏にゼイン・グレイの名を書きとめた。伯爵夫人はしゃがれ声で、クラビンにささやいた、

「ゼインとはどう綴るのですか？」

「実を申しますと、よくは存じません」

　たくさんの名前が、同時にマーティンズに投げつけられた。スタインというような、

少々角のある名前や、ウルフというような、円い小石のような名前がまじっていた。知的な黒い前髪をたらした若いオーストリア人が、「ダフネ・デュ・モーリア」と叫んだ。クラビン氏はたじろいで、マーティンズを横眼で見ながら、低い声でささやいた、「穏やかにお願いします」

手編みの上衣をつけた、親切そうな顔をした婦人が、思いつめたように言った、「デクスターさん、誰も、誰もヴァージニア・ウルフのように、詩的に感情を描いたものはない、ということにご賛成願えませんかしら？ 散文で、という意味において」

クラビンがささやいた、「意識の流れについて、何かおっしゃったらいかがでしょう？」

「何の流れですって？」

クラビンの声は絶望をおびてきた。「お願いです、デクスター先生、この人たちは先生の心からの崇拝者なのです。お考えが伺《うかが》いたいのです。どんな勢いで協会に押しよせてきたか、それがわかっていただけたら」

年配のオーストリア人が言った、「現代のイギリス文壇に、故ジョン・ゴールズワージーほどの偉大な人物がおりますか？」

とたんに部屋中が、怒声で蜂の巣をつついたようになった。デュ・モーリアとか、プリーストリーとか、レイマンとかいう名前が、投げられたり、投げ返されたりした。マーティンズは、むっつりとして、椅子に深くもたれかかって、またしても雪と、担架と、コッホ夫人の絶望的な顔を眼にうかべていた。自分が二度目の訪問をしなかったら、自分が質問をしなかったら、あの小男は今でも生きていたのだろうか？　もう一人の犠牲者を出してそれでハリーの役に立ったのだろうか――犠牲者というが、いったい誰の恐怖を静めるためなのか？――クルツ氏か、クーラー大佐か（そんなはずはない）、ヴィンクラー博士か？　その中の誰も、地下室であんな見ばえのしない陰惨な罪を犯しそうには見えなかった。あの子供の声が聞こえるようだった、「コークスの上に血がついてたよ」そうして、誰かが彼のほうを向いた。それは何もついていない、のっぺらぼうの顔で、灰色の石膏細工の卵のようなもの、第三の男だった。マーティンズは、その後のディスカッションをどう切りぬけたか、話すことができなかった。ひょっとしたら、クラビンが攻撃の矢面に立ったのかもしれないし、ひょっとしたら、アメリカ大衆小説の映画化について白熱的論議を展開した一部の聴衆に救われたのかもしれなかった。クラビンが彼に敬意を表する閉会の辞を述べるまでのことを、彼はほとんど憶えていなかった。それが終わると、青年の一人が、本のたくさん積み重ねてあるテーブルに彼を連れていって、サインしてくれるように頼んだ。

「私たちは一人一冊ということになっております」

「どうすりゃいいんですか？」

「署名だけでけっこうです。お願いしているのはそれだけです。この『曲がったへさき』は私の本です。何かちょっとお書きいただけたら、ありがたいのですが……」

マーティンズは彼のペンをとって書いた、〝『サンタ・フェの孤独な騎手』の著者、B・デクスターより〟青年はそれを読んで、けげんな表情を浮かべながら、吸取紙をあてた。マーティンズが腰をおろしてベンジャミン・デクスターの本のとびらにサインをはじめたとき、くだんの青年が署名をクラビンに見せているのが鏡に映っていた。クラビンはかすかな微笑をうかべながら、顎を何度も上下にさすっていた。B・デクスター、B・デクスター、B・デクスター、とマーティンズは書きまくった――だがしかし、結局のところ、それは嘘ではなかったのだ。一冊また一冊と、本は持主の手に返っていった。そうして、喜びとお世辞の片言《へんげん》を、お辞儀のように落としていった――作家になるとは、こういうことだったのか？　マーティンズはベンジャミン・デクスターに対して、はっきりした憎しみを感じかけていた。二十七冊目の『曲がったへさき』にサインしながら、独りよがりの、退屈千万な、もったいぶった馬鹿野郎だ、と思った。彼が眼を上げて本を取るたびに、クラビンの不安げな、思いに沈んだ視線とぶつかった。協会の会員たちは、貴重なサインを抱えて、帰宅しかかっていた。部屋ががらんとしてきた。突然、鏡に憲兵の姿が映ったのを、マーティンズは認めた。憲兵はクラビンの若い部下の一人と議論し合っているようだった。マーティンズは自分の名前が口にされたのを耳にした。それで彼は、すっかり勇気を失い、それといっしょに、常識の最後のひとかけらまでもなくしてしまった。まだ一冊サインする本が残っていたが、最後のB・デクスターをなぐり書きすると、ドアのほうに突進した。若い部下と、クラビンと、憲兵がドアのところにかたまっていた。

「この方は？」と憲兵が尋ねた。

「ベンジャミン・デクスターさんです」と青年が答えた。

「便所。便所はありますか？」とマーティンズが言った。

「ロロ・マーティンズという人が、あなたがたの車でここへ来たはずです」

「間違いです。明らかに間違いです」

「左手の二つ目のドアです」と青年は答えた。

マーティンズは行きがけに、携帯品預り所からオーバーを引ったくると、階段を降りた。二階の踊り場に来たとき、誰かが階段を昇ってくる足音がきこえた。見下ろすと、ペインだった。私は、マーティンズかどうかを確認させるために、彼を差し向けたのだった。マーティンズはいきなり手近かなドアをあけて、中へ入ると、ドアをしめた。ペインが通り過ぎていくのがきこえた。彼の入った部屋は真っ暗だった。奇妙なうめくような物音に、彼は振り返って、正体のわからぬ部屋と向かい合った。何にも見えなかった。物音もやんだ。彼が少し動くと、また音がしはじめた。喉をしめられたような音だった。彼がじっとしていると、音も消えていった。外では誰かが、「デクスターさん、デクスターさん」と呼んでいた。するとまた、新しい音がはじまった。誰かが暗闇の中で、延々《えんえん》とつづく独白をささやいているようだった。マーティンズは、「誰かいるのか？」と言ってみた。するとふたたび音はやんだ。彼はもう我慢ができなくなって、ライターを取りだした。足音が通り過ぎて、階段を降りていった。ライターを何度もためしてみたが、火はつかなかった。誰かが暗闇の中で位置を変えた。そして、鎖のようなものが空中で鳴った。彼は恐怖のあまり腹を立てて、もう一度、「誰かいるのか？」と尋ねてみたが、ただ金属のガチャガチャという音が聞こえるだけだった。

マーティンズはやけになって、電灯のスイッチを探そうとして、まず右側を、次に左側を手さぐりした。同室の人間がどこにいるかわからないので、彼はそれ以上踏み出すことができなかった。ささやきも、金属の音も、とつぜんやんだ。そのとき彼は、ドアがわからなくなってしまったと思って、手荒くドアの把手《とって》をさぐった。彼は警官よりも暗闇がこわかった。それで、自分が立てている物音のことはすっかり忘れていた。

ペインはそれを階段の下で聞きつけて、戻ってきた。彼が階段の電灯のスイッチをつけると、明かりがドアの下から洩れてきて、おかげでマーティンズは方向を知ることができた。彼はドアをあけた。そうして、ペインに向かってかすかな微笑を送ると、振り返ってもう一度部屋を見た。止まり木に鎖でつながれた鸚鵡《おうむ》の両眼が、ビー玉のように彼を見返していた。ペインは丁重に言った、「私どもはあなた様をお探ししておりました。キャロウェイ大佐がちょっとお話し申し上げたいと言っておられます」

「道がわからなくなってね」

「はあ、そうであろうと思っておりました」

10

マーティンズが帰国の飛行機に乗らなかったとわかってから、私は彼の動静を綿密に記録してきた。彼はクルツに会った。ヨーゼフシュタット劇場へ行った。ヴィンクラー博士と、クーラー大佐を訪問したことも、ハリーの住んでいた町内へもう一度戻ってきたことも、私は知っていた。何かの理由で、私の部下は、クーラーの家からアンナ・シュミットのアパートへ行く途中で、彼を見失ってしまった。マーティンズはあちこち歩きまわった、という報告だったが、われわれ二人とも、彼が尾行者をわざとまいたのだ、という印象を受けていた。私は彼をホテルでつかまえようとしたが、惜しいところで逃げられてしまった。

事件が憂慮すべき方向にむかってきたので、もう一度会っておくべき必要があるように私には思われた。彼には説明することがたくさんあるはずだ。

私は彼との間に、かなり大きな机を置いて、煙草をすすめた。彼は仏頂面をしてはいたが、ごく限られた範囲内のことだけは、自分から進んで話そうとしていた。クルツについて質問してみたが、彼は満足すべき返答をしたように思われた。次にアンナ・シュミットのことを尋ねたが、彼の返事から私は、彼がクーラー大佐を訪問したあとで、彼女といっしょにいたにちがいないと推察した。それで不明な点の一つが埋まるのだ。ヴィンクラー博士のことも尋ねてみたが、彼は快く答えた。それで私は言った、「だいぶ歩きまわりましたね。それで、お友だちのことで何かわかりましたか？」

「もちろんですよ。あなたの眼の前で起こったことを、あなたは見なかったんだからね」

「何です？」

「彼は殺されたんです」これには私も驚かされた。私も一度は自殺ということを考えてみたのだが、それさえも捨てていた。

「話を続けてください」と私は言った。彼は事故を目撃した情報提供者について語りながら、つとめてコッホの名前をあげないようにしていた。おかげで彼の話がわかりづらくなった。彼がなぜ第三の男をそれほど重要視するのか、最初のうちはつかめなかった。

「彼は尋問に出頭しなかったんです。それにほかの連中は、彼を出すまいとして嘘をついたんです」

「あなたのおっしゃる目撃者も出頭しませんでしたよ――たいして重要だとは思えませんね。あれが純然たる事故だとしたら、証拠は全部そろっていますよ。なぜほかの男が巻きこまれるんです？　ひょっとしたら、彼の細君は、夫が市《まち》にはいないと思っていたのかもしれない。あるいは、彼は公務員で、休暇でもないのに欠勤していたのかもしれない――ときどきクラーゲンフルトあたりから、無許可でウィーンへ来る人がありますよ。大都会の楽しみというんでしょうな、まあ、そんなものがあるかどうかは知りませんがね」

「まだそのほかにあるんですよ。そのことをぼくに話した小男は――殺されたんです。ね、彼らは彼がほかに何を見たのか、明らかに知らなかったんです」

「それでわかった。コッホのことですね？」

「そうです」

「われわれの知る限りでは、あなたは生きているコッホに会った最後の方《かた》です」それから、前に書いたように、彼がコッホを訪ねた時に、誰か私の部下よりも機敏で、姿を見せなかった者に尾行されたかどうかを調べるために、彼に質問した。「オーストリアの警察は、あなたのせいにしたがっているのですよ。コッホ夫人が、あなたの訪問を夫がひどく気にしていた、と警察に話したんです。誰かほかにそのことを知っている人がありますか？」

「クーラーに話しました」と彼は興奮して言った、「ぼくが彼の家を出たとたんに、電話で話したかもしれない、誰かに――第三の男に。彼らはコッホに口止めしなきゃならなかったんだ」

「あなたがコッホのことをクーラー大佐に話した時には、彼はすでに死んでいたんですよ。前の晩に、誰かの声を聞きつけて、ベッドから起きて、階下へ行って――」

「それじゃ、ぼくのアリバイは成立する。ぼくはザッハーにいました」

「しかし、彼は非常に早く床に入ったのです。あなたの訪問を受けて、また偏頭痛がぶり返した。彼が起きあがったのは、九時ちょっと過ぎたばかりなのです。あなたはザッハーに九時半に帰りましたね。それまでどこにいたのです？」

彼は憂鬱そうに言った、「歩きまわって、事件を整理して考えてみようと思ってたんです」

「あなたの行動を証明するものがありますか？」

「ありません」

私は彼の気をもませてやろうと思っていたので、彼が四六時中、尾行されていたことを話すつもりはなかった。彼がコッホの喉を切ったのではないことは、私も知っていたが、彼が口で言うほどに潔白であるかどうかは、確信が持てなかった。ナイフを持っている人間が真犯人とはかぎらないのだ。

「煙草をくれませんか？」

「どうぞ」

「どうしてぼくがコッホの家へ行ったのを知っているんですか？　だからぼくをここへ引っぱったんでしょう？」

「オーストリアの警察が――」

「彼らはぼくの顔を知らなかったはずだ」

「あなたがクーラーの家を出ると、彼はすぐに私のところへ電話をかけてきたのです」

「それじゃ、彼は無罪ということになる。もし関係があるのなら、ぼくがあなたにこの話――コッホの話をですよ、しゃべらせたくはなかったでしょう」

「あるいは彼があなたがものわかりのいい人で、コッホの死を知ったらすぐに、私のところへその話を持ってくるだろう、と思ったのかもしれませんね。ところで、どうしてそれを知ったのですか？」

彼はすぐに話してくれた。私は彼の言葉を信じた。それをきっかけに、私は彼を全面的に信頼するようになった。彼は言った、「ぼくはやっぱりクーラーは関係がないと思います。彼の潔白は保証してもいいです。本当の義務観念を持ったアメリカ人の一人だと思いますね」

「そうですね。電話をかけてきた時も、そのことを言ってましたよ。申し訳がないといってね。市民たるものの義務を信じるように育てられてきた罪だそうですよ。おかげで、自分がひどく堅苦しい人間に思えるとか言ってましたがね。実を言うと、クーラーには私はいらいらさせられるんですよ。もちろん彼は、私が彼のタイヤの闇を知っているとは、夢にも思っていないでしょうがね」

「それじゃ、彼も闇をやっているんですか？」

「たいした闇じゃないんですがね。二万五千ドルは儲《もう》けたでしょうね。しかし私は善良な市民じゃありませんからね、アメリカ人のことはアメリカ人にまかせておきますよ」

「畜生」彼は考えこみながら言った、「ハリーがやっていたのも、そういう類《たぐい》のことですか？」

「いや、それほど無害なものじゃなかった」

「今度のことで――コッホが殺されたことですがね――ぼくはショックを受けたんです。おそらくハリーも何か悪いことに巻きこまれたんでしょう。きっと、足を洗おうとして、それで殺されたんだと思いますね」

「それとも、相手が分け前をうんと要求したのかもしれない。仲間割れですね」

今度は彼も、全然腹を立てないで聞いていた。「動機については、ぼくたち二人の意見は合わないようですが、あなたのほうでも相当に調査しておられるんだと思います。先日は失礼しました」

「いや、かまいませんよ」と私は言った。とっさに決断をくださねばならない時というものがある――これもその一つだった。彼が与えてくれた情報に対して、私は何かお返しをしなければならない。「ライムの事件について、あなたにわかっていただけるだけの事実をお話ししましょう。しかし興奮しないでくださいよ。あなたにひどいショックを与える話でしょうからね」

確かにひどいショックにちがいない。戦争と平和（これを平和と呼べるものなら）は、おどろくべき多数の闇商売を生みだしたが、これほど悪質なものはない。食料品の闇商人は、少なくとも食料を供給したのである。同じことが、不足した物資を法外な値段で供給したすべての闇屋について言えるだろう。ところが、ペニシリンの闇はそれとまったく違っている。オーストリアでは、ペニシリンは軍の病院にだけ供給されて、一般の医師は、病院でさえも、合法的には入手できなかった。闇の始まった頃は、たいした害はなかった。看護兵がペニシリンを盗んで、オーストリア人の医師にべらぼうな値段で売りつけた――一瓶が七十ポンドもしたのである。しかしこれも、配給の一形式だと言えないことはない――裕福な患者だけを利するから、不公平な配給ではあるが、本来の配給にしても、これ以上に公平だったとはいえないだろう。この闇は、しばらくの間はうまくいった。ときどき、看護兵がつかまって、処罰された。しかし、危ない商売だというので、ペニシリンの値段が上がっただけだった。それで、闇商売がだんだんと組織化されるようになってきた。ボスは大儲けができるとにらんだ。実際に盗む連中の儲けは少なくなったが、その代わりに一種の保証を得ることになった。万一の場合には、面倒を見てもらえる。人間性というものは奇妙なもので、心とはまったく無関係に、ゆがんだ言いわけを考えつくものだ。子分どもは雇い主のために働いているのだと感じると、良心が安まる。そう思えば、自分たちの眼にはりっぱな賃金労働者として映るのだ。自分はグループの一員で、犯罪があるとすれば、罪はボスが背負うのだ。闇商人の組織は全体主義の政党に酷似している。これを私はよく第二段階と呼んでいた。ボスどもがこれでは利得が十分でないと判断した時が第三段階である。ペニシリンだって、いずれ合法的な入手が必ずしも不可能でなくなるだろう。彼らはもっと金がほしかった、順調にいっているうちに、もっと早く金を儲けたかった。彼が着色した水で、ペニシリンを薄めることを始めた。粉末の場合には、砂をまぜた。私は机の抽出《ひきだ》しに小さな博物館を持っている。それで、マーティンズに見本を見せてやった。彼は私の話を喜んではいなかったが、まだ要点をつかんでいなかった。それで、「そんなことをしたら、効《き》き目がなくなるでしょう」と言った。

「それだけのことなら、われわれはたいして問題にしません、でも、ちょっと考えてください。ペニシリンの作用によって、免疫になるのですよ。つまり、うまくいったとして、この粗悪品の使用によって将来、ある特定の患者には、ペニシリン療法が効かなくなるのですよ。もしもあなたが性病にかかっておられたら、もちろん、事態は笑ってはすまされませんね。それから、ペニシリンの必要な傷に砂を用いるというのは――そうですね、衛生的じゃありませんね。大勢の人間がこんなふうにして足や手を失い――命を落としたのです。しかしいちばん身の毛のよだつ思いがしたのは、この子供の病院を訪問した時です。脳膜炎を治療するために、病院でこのペニシリンを何本か買ったんですね。たくさんの子供はそのまま死んでいきました。また大勢の子供は脳を侵された。いま精神病院に入っていますよ」彼は、机の向こう側に坐って、不興げに自分の手を見つめていた。「こいつはあまり考えると、やりきれない話ですね、どうですか？」

「でも、まだあなたは証拠を示してくれませんね、ハリーが――」

「いまその話をしようとしていたところです。まあ、じっと坐って、聞いてください」と言って、私はライムの調査簿を開いて、読みはじめた。最初のうちは、証拠は単なる傍証だった。マーティンズはそわそわしていた。そのほとんどが暗黙の一致だった――ライムが某日某時に某所にいたという探偵の報告、機会の積み重ね、彼の交友関係。マーティンズは一度抗議した、「しかし、それと同じ証拠がぼくにもあてはまるでしょう――今じゃ」

「ちょっと待ってください」と私は言った。どういうわけか、ハリー・ライムは不注意になってきた。われわれに嫌疑をかけられているのを知って、不安になったのかもしれない。彼は難民救済協会で非常に高い地位についていたが、そういう人間はすぐに不安を感じるものだ。われわれは探偵の一人を英軍病院の従業員に入りこませた。このころには仲介者の名前はわかっていたが、元兇につながるラインをまだつかんでいなかった。それはともかく、こまごました経過を語って、この時、マーティンズを悩ませたように、いま読者を悩ませようとは思わない——長い悪戦苦闘の結果、仲介役をつとめるハービンという男の秘密をつきとめた。ついにわれわれはハービンをねじ上げ、キリキリとしめあげて、泥を吐かせた。こういった業務は諜報機関の仕事に酷似している。われわれは本当に統御することのできる二重スパイを求めているのだ。そうして、ハービンはまさにそういう男だった。しかし彼を使ってさえも、われわれはクルツまでしかさかのぼることはできなかった。

「クルツ！」とマーティンズは叫んだ。「どうして逮捕しなかったんですか？」

「これから予定の行動に入ります」と私は言った。

クルツはわれわれにとって大きな前進だった。というのは、クルツはライムと直接連絡していたからだ——彼は国際難民救済と関係のある小さな外郭事業をやっていた。クルツと連絡するのに、やむをえない時には、ライムはときどき紙に書くことがあった。私はマーティンズに、一枚の短信の写真版を見せた。「だれが書いたかわかりますか？」

「ハリーの筆蹟です」と言って、彼は全文を読んだ。「べつに怪しいところはないと思いますがね」

「ありませんよ。しかしね、ハービンからクルツへやったこの手紙を読んでください

――これはわれわれが書かせたものです。日付を見てください。これがその結果です」

彼は両方とも二度読み返した。

「これでおわかりでしょう？」世界の終末とか、飛行機の墜落を目撃している時には、おしゃべりなどはしないだろう。たしかにマーティンズにとっては、世界は終わったのだ。学校の廊下で、二十年も前に得た気安い友情と、英雄崇拝と、信頼の世界は終わったのだ。すべての記憶――長く伸びた草原での午後、ブリックワース共有地での禁を犯した射撃、夢、散歩、二人でわかち合ったいっさいの経験が、原爆被災地の汚染した土のように、汚れてしまったのだ。危険だから、長くは歩いていられない。彼は坐ったままで、自分の手を見つめながら、一語も発しなかった。私は戸棚から貴重なウイスキーの壜を取りだして、大きなグラスに二つ注《つ》いだ。「まあ、お飲みなさい」と私はすすめた。彼は医者の命令のように、私の言葉に従った。私はもう一杯ついでやった。

「彼が本当のボスだ、ということは確かですか？」と彼はゆっくり言った。

「われわれの調査した限りでは、彼で行きどまりですね」

「とにかくですね、彼はいつも向こう見ずでしたからね」

彼は前にライムのことを、そんなふうには言わなかったが、私は異をとなえなかった。彼は何らかの慰めを求めていた。

「たとえばですね、誰かが糸をあやつって、彼をむりやりに闇商売に追いこんだんじゃないでしょうか、あなたがハービンを二重スパイに……」

「ありうることですね」

「そうして、彼が逮捕されたら、しゃべってしまうかもしれないというので、殺したんじゃないですか」

「ありえないことじゃない」

「殺されてよかったと思いますよ。ハリーが悲鳴をあげるのを聞きたくはないですからね」と言って、彼は手で膝の埃をはらうような、奇妙な動作をしたが、「万事はおしまいです」と言いたげに見えた。「ぼくはイギリスに帰ります」

「今すぐでないほうがいいでしょう。もしあなたがいまウィーンを発《た》とうとされれば、オーストリアの警察が問題にするでしょう。というのは、クーラーが例の義務観念で、オーストリアの警察にも電話したでしょうからね」

「なるほど」と彼は絶望的な口調だった。

「われわれがその第三の男を見つけたら……」

「そいつが悲鳴をあげるのを聞きたいものだ。悪党が、あのひどい悪党が」

11

マーティンズは私と別れると、酔っぱらいたくなって、まっすぐに酒場へ出かけた。彼は〈オリエンタル〉という酒場を選んだ。正面がチャチな東洋風で、陰惨な、煤《すす》けた、小さなナイト・クラブだった。階段の上には、例の半裸の写真、バーには例の生酔いのアメリカ人、例の粗悪な葡萄酒にいかがわしいジン——見すぼらしいヨーロッパの、ここ以外の見すぼらしい首都へいっても、彼は三流のナイト・クラブへ足を運んでいたのかもしれない。まだ、どうしようもない宵《よい》の口に国際パトロールの巡視があった。彼らの姿を見ると、一人のソ連兵は、かやねずみのように頭をすくめて、階段のほうへ急いでいった。アメリカ人は身動きもしなかったし、パトロールも知らん顔をしていた。マーティンズはガブガブと飲んだ。おそらく女もほしかったのだろうが、キャバレーの出演者はみんな帰ってしまっていた。事実上、女は一人もいなかった。ただ一人、きびきびした顔の、美人のフランス人記者がいたが、仲間に何かささやくと、いかにも馬鹿にしたように眠りこんでしまった。

マーティンズは、はしごを続けた。〈マクシム〉では、数組が陰気くさそうに踊っていた。〈シェ・ヴィクトール〉という店では、暖房装置が故障しているので、みんなオーバーを着たままで、カクテルを飲んでいた。ここへ来る頃になると、マーティンズの眼の前で、たくさんの斑点《はんてん》がぐるぐるまわっていた。彼は孤独感に襲われていた。ダブリンの女や、アムステルダムの女のことを、またしても思いだしていた。われわれを騙《だま》さないのはこれだけだ——生《き》の酒と、あの単純な肉体的行為。女に貞節を期待することはできない。彼の心はぐるぐるまわった——感傷から肉欲へ、そしてふたたび、信頼から皮肉へと。

市電はもう動いていなかった。しかし彼はあくまでも歩いて、ハリーの女を訪ねようとした。彼女を愛したかった——無意味だとか、感傷だとか思わないで、ただ愛するのだ。彼は激しい行動をしてみたいような気分だった。そうして、雪のつもった街路が湖のようにうねって、彼の心を悲しみと、永遠の愛と、断念に通じる新しい道に向けるのだった。身を隠せる塀の隅で、彼は雪の中にへどを吐いた。

アンナの部屋に通じる階段を昇ったのは、午前三時頃だった。その時までにはほとんど酔いもさめていた。彼の頭にあったただ一つのことは、彼女もまたハリーのしていたことを知っているにちがいない、ということだった。おそらく、それを知っているということが、記憶が人間にのこした遺産をぬぐいさってくれるだろう、と感じていた。そうなれば、自分はハリーの女を手に入れる機会があるだろう。恋をしていると、相手が自分の思いを知らないなどということは、思ってもみないものだ。自分は声の調子や、手の触れ具合で、はっきりそれを語っていると信じこんでいる。アンナがドアをあけて、彼の姿を見て驚いて、取り乱してしきいの上につっ立ったとき、彼女があかの他人にドアをあけたのだ、ということを彼は夢にも思わなかった。

「アンナ、ぼくは何もかも知ったよ」

「お入りなさい。ほかの人の目をさまさせちゃ悪いですから」彼女は化粧着をはおっていた。長椅子がベッドの代用をしていたが、その乱れた様子は、彼女がいかに眠れなかったかを示していた。

彼がつっ立ったままで、言うべき言葉を探していると、彼女が言った。「それで、何なのですか、それは？　あなたはあたしから離れるようにしていらっしゃるのだと思っていましたのに。警察につけられているんですか？」

「いいや」

「あなたは本当にあの男を殺したんじゃないでしょう？」

「もちろん」

「酔ってらっしゃるのね？」

「ちっとはね」と彼は不機嫌に答えた。せっかくの逢瀬《おうせ》がまずいことになりそうだった。彼は仏頂面で言った、「すみません」

「なぜ？　あたしもお酒は好きですわ」

「ぼくはいまイギリスの警察に行ってきたんですがね。ぼくが犯人じゃないことは、納得してくれました。しかし、ぼくは残らず聞いてきたんです。ハリーは闇商人だった——悪質の」彼は絶望したように言った、「彼は悪党だった。ぼくたち二人とも間違っていたんだ」

「話してください」とアンナは言った。彼女はベッドの上に腰をおろした。彼はタイプで打ったアンナの書き抜きが、まだ第一ページが開かれたままになっているテーブルのそばで、かすかに身体を揺りながら話した。彼の話はかなり混線していたろうと思う。おそらく、彼の心を最も強く打ったこと、つまり、脳膜炎で死んだ子供や、精神病院に入れられた子供のことを主として語ったにちがいない。彼が話し終わると、二人とも黙ってしまった。「それだけですか？」

「そう」

「その話を聞いたとき、あなたは酔っていらっしゃらなかったの？　本当に証拠があるのですか？」

「そうです」と答えて、もの悲しそうにつけ加えた、「ね、ハリーはそういう男だったんですよ」

「あの人、死んでよかったわ。何年間も刑務所につながれて、朽ちはてさせたくはありませんから」

「でも、どうしてハリーが――あなたのハリー、ぼくのハリーがですよ――そんなことに巻きこまれたのか、理解できますか？」マーティンズは絶望したように言った、「ぼくたちが考えていたようなハリーは、実際には存在していなかったような気がしますね。彼はいつもぼくたちを馬鹿者扱いして、笑っていたんでしょうかね？」

「そうかもしれませんわね。でも、そんなことどうだっていいじゃありませんか？　お掛けになって。気にしないことにしましょう」彼は自分が彼女を慰めるつもりでいたのだが――これは逆だった。彼女は言った。「もし彼がいま生きていたら、釈明ができたかもしれません。でもあたしたちは、あたしたちの知っている彼を思いだすほかはありません。人間には、たとえそれが愛する人であっても、わからないことがたくさんあるものですわ――いいことも、悪いことも。人を理解するにはゆとりを持たなくちゃなりませんわ」

「あの子供たち——」

彼女は腹立たしげに言った、「お願いですから、勝手な想像をしないでください。ハリーは生きた人間でした。単にあなたの英雄や、あたしの愛人だけではなかったのです。彼はハリーでした。彼は闇商人でした。彼は悪事を働きました。それがどうだというのです？　彼はあたしたちの知っている人間でした」

「馬鹿なことを言わないでくださいよ。ぼくがあなたを愛していることが、わからないんですか？」

彼女は驚いて彼を見つめた。「あなたが？」

「そうです、ぼくが。ぼくはインチキな薬で人殺しはしない。人に自分が偉い人間だと思わせるような偽善者じゃない——ただの三文文士で、酒は飲むし、女には惚《ほ》れっぽいし……」

「でもあたしは、あなたの眼の色も知らないんですよ。もし今、電話がかかってきて、あなたの髪が黒いか金髪か、口ひげを生やしているかどうかと聞かれても、あたしには答えられませんわ」

「彼のことが忘れられないんですか？」

「忘れられません」

「このコッホ事件が片づいたら、ぼくはウィーンを去るつもりです。クルツがハリーを殺したか――それとも、第三の男がやったのか、そんなことはもう興味はありません。誰が殺したにせよ、それは一種の正義だったのです。こういう情況なら、ぼくだって彼を殺したかもしれませんよ。それなのに、あなたはまだ彼を愛している。あなたは人殺しを、詐欺師を愛している」

「あたしは一人の男を愛していたのです。さっき言ったでしょう――新しい面がわかったからといって、人間は変わるものではありません。あの人はやっぱりあの人です」

「あなたの言い方が気にさわるな。ぼくは頭が割れるほど痛いんです。それなのにあなたは、しゃべりまくって……」

「あなたに来てくださいとお願いしたわけじゃありません」

「ぼくを怒らせようというんですか？」

とつぜん彼女は笑いだした。「あなたは面白い方ね。夜中の三時に人の家へ押しかけてきて――赤の他人がですよ――それで、あたしを愛していると言ったかと思うと、今度は腹を立てて、喧嘩《けんか》を始める。あたしに何をしろ――何を言え、とおっしゃるの？」

「あなたが笑うのを見るのは、これが初めてだ。もう一度笑ってください。ぼくはあなたの笑うのが好きだ」

「二度も笑えないわ」

彼は、彼女の肩に手をかけて、静かにゆさぶった。「ぼくは一日中面白い顔をして見せてあげますよ。逆立ちもするし、股のぞきをして、笑って見せよう。食後の会話読本を読んで、ジョークを仕込みます」

「窓に近よらないで。カーテンがありませんから」

「誰も見ている人なんかいやしない」と言ってはみたものの、彼は思わず口をつぐんだ。自分の言葉に十分の自信はなかった。長い影が動いた、たぶん月にかかる雲の動きを伴なっていたろうが、それがまたとまった。「あなたは今でもハリーを愛している、そうでしょ？」

「ええ」

「たぶんぼくもそうです。よくはわかりませんがね」彼は両手を垂れて言った、「帰ります」

彼は、急ぎ足で歩いた。尾行されているかどうかを確かめようともせず、影をしらべてみようともしなかった。しかし、街路の端を行きすぎようとして、ふと向きを変えると、ちょうど角のあたりに、人目を避けるように、塀にぴったり寄りそって、ずんぐりした人影が立っていた。マーティンズは立ちどまって、じっと見つめた。どこかに見覚えがあった。きっと自分は、この二十四時間のあいだに、いつのまにか彼に馴れっこになってしまっていたのだろう。おそらく彼は、自分の行動を執拗に探っている連中の一人だろう。二十ヤード離れて、マーティンズは立ったままで、暗い側道の黙然として動かない人影を凝視した。相手もこちらを見つめた。警察のスパイだろう、それとも、ハリーをまず堕落させ、次には殺してしまった悪党の一味か——さらには、第三の男かもしれない。

見覚えがあるのは、顔ではなかった。顎の形さえもわからなかったのだから。かといって、身のこなしでもない。立ちどまっているのだから、動きのわかるはずはない。すべては影によって作られた幻影だろう、と彼は信じはじめた。彼は鋭く叫んだ、「何の用だ?」だが、返事はなかった。そこでまた、酒の勢いも手伝って、もう一度どなった、「返事をしろ、できんのか?」すると、返事があった。眼をさまさせられた誰かが、腹立たしげに窓のカーテンを引いたので、灯りが狭い道を横切って、サーッとさした。そうして、ハリー・ライムの顔を照らし出した。

12

「あなたは幽霊を信じますか？」とマーティンズは私に尋ねた。

「あなたは？」

「ぼくは信じるようになりました」

「私はね、こういうことも信じますね、酔っぱらいは幻影を見る——鼠《ねずみ》であることもあるし、もっと悪いものであることもある」

彼は私のところへすぐに報告に来たわけではなかった——ただ、アンナ・シュミットの身に危険がふりかかったからこそ、私の事務所にまいもどってきたのだ。海の波に洗われた何かのように、髪も乱れたままに、ひげも剃《そ》らず、理解できない経験におびやかされて、とびこんできたのだ。「これが顔だけだったら、ぼくも気にはしません。ハリーのことを考えていたんだから、うっかり他人を見違えたかもしれません。灯りはすぐに消えてしまったんですからね。ぼくはただちらりと見ただけです。それから、その男は街を歩いていきました——人間だとしての話ですがね。長い道なのに、曲がり角が一つもないのです。ところが、ぼくはびっくりして、三十ヤードの遅れを取ってしまったんです。彼はあそこにある新聞売場まで来ると、あっというまに姿を消してしまったんです。ぼくは彼のあとを追いかけました。新聞売場まで行くのには、たったの十秒かかっただけです。それに、彼はぼくが走っていくのが聞こえたにちがいないんです。ところが不思議なことに、二度と出てこないんです。ぼくは売場まで行きました。誰もいないんです。街路には人影もありません。彼が人家に入ろうとすれば、必ずぼくの眼にとまったはずです。彼は本当に消えてしまいました」

「幽霊——あるいは幻影としては、当然のことですね」

「でも、ぼくはそれほど酔っぱらっていたとは思えないんです」

「それであなたはどうしました？」

「もう一杯飲まずにはいられませんでした。くたくたになってたんですよ」

「それで彼は帰ってきましたか？」

「いや、ぼくがアンナのところへ帰っていきました」

アンナ・シュミットの事件さえなかったら、彼は恥ずかしくて、こんな話を私のところへ持ってはこられなかったろうと思う。彼からその話を聞いたとき、私はこう考えた、監視者がいたのだ——それをハリー・ライムだと思ったのは、酒と興奮のせいだ。監視者は彼がアンナを訪れたのを知って、一味、ペニシリン密売の一味に電話で連絡したのだ。その夜は事が迅速に運んだ。クルツがソ連地区——厳密には第二地区——に住んでいることは前に述べたとおりだ。彼の家は、プラーター広場から出ている、広くて、人通りの少ない、淋しい街路にあった。彼のような男は、おそらく有力筋と連絡があったろう。ソ連人が、アメリカ人や英国人と親交を結んでいるのを見つけられると、身の破滅になるのだが、オーストリア人は潜在的同盟者であった——いずれにしても、敗戦国民の影響など誰も恐れるものはない。

この時期には、西欧連合諸国とソ連との協力は、完全にとは言えないにしても、事実上崩壊していたことを理解していただきたい。

ウィーンにおける連合国間の、最初の警察事務協定によれば、軍事警察（連合国の人間を含めて、犯罪を処理する責任を負っている）は、他国の占領地域内に入る許可を与えられないかぎり、自国の占領地域内に限られていた。この協定は西欧三カ国の間では円滑に運営された。アメリカ地区やフランス地区なら、私が逮捕をしたり、調査をしたりするために、部下を派遣しようとすれば、それぞれの地区の私の対当者に電話をしさえすればよかった。占領当初の六カ月間は、ソ連ともかなりうまくいった。

ほぼ四十八時間待てば、許可が与えられた。しかし実際には、それより早く行動しなければならないことは、めったになかった。国内にいても、捜索令状や容疑者を拘引する許可状を、これよりも迅速に上官から得ることは、必ずしも可能ではない。ところが、四十八時間が一週間となり、二週間となってきた。憶えているが、アメリカ人の同僚が、ふと思いついて自分の記録を見たところ、もう三カ月以上にもなるのに、こちらの申請を受け取ったという通告さえもないのが四十件あった、ということを発見したのである。そこで問題が起こった。われわれはソ連の申請を拒否したり、返事を出さないようになった。それで、ときどき彼らが無許可で警官を派遣するようになり、紛争が起こった……この物語の頃は、西欧側はだいたい、申し入れをすることも、ソ連の申し入れに答えることも中止している時代だった。ということは、私がクルツを逮捕しようとすれば、ソ連地区の外で逮捕したほうがいいということである。もっとも、彼の行為がソ連軍の忌諱《きき》にふれて、西欧側におけるよりももっとだしぬけに、もっと厳しい処罰を受ける可能性は大いにあった。とにかく、アンナ・シュミット事件は、そうした紛争の一つだった。ロロ・マーティンズが酔っぱらって、自分が見たハリーの幽霊のことをアンナに話そうとして、午前四時にまいもどってみると、おびえきってまだ寝床にも帰らない管理人から、アンナが国際パトロールに連行された、という話を聞かされたのだ。

事件の次第はこうである。都心部《インナー・シュタット》に関するかぎり、ソ連が議長の席にあった。そうして、ソ連が議長である時には、なにか変わったことが起こるのだ。この場合も、パトロールの途中で、ソ連の憲兵がいきなり同僚を出し抜いて、アンナ・シュミットの住んでいる街へ車を向けた。その晩のイギリス憲兵は新米だったから、同僚が教えてくれるまでは、車がイギリス地区にはいったことに気づかなかった。彼はドイツ語がいくらかできたが、フランス語はだめだった。フランス兵は、皮肉で強情者のパリっ子で、彼に説明してやるのをやめてしまった。アメリカ兵がそれを引き受けて、こう言った、「おれはかまわんが、きみはこれでいいのかね？」イギリス憲兵はソ連兵の肩をたたいた。相手はその蒙古系の顔をふりむけて、わけのわからぬスラヴ語をまくしたてた。車はそのまま進んでいった。

アンナ・シュミットの住んでいる近くでアメリカ兵が口をはさんで、事の次第をドイツ語で問いただした。フランス兵は縁なし帽をかぶった頭を後ろにもたせかけて、臭い安煙草に火をつけた。フランスには関係のないことだ。フランスに関係のないことは、彼にとって本当の重要性は持たないのだ。ソ連兵はやっとのことでドイツ語を二言三言しゃべりながら、何かの書類を振りまわした。その言葉から察すると、ソ連警察が求めている一ソ連国民が、正当な書類も持たずにここに住んでいる、ということらしい。彼らは階段を上がっていった。ソ連兵がアンナのドアを押した。ドアにはしっかり閂《かんぬき》がさしてあったが、彼はドアに肩を押し当てて、閂をへし折ると、彼女の許しも待たないで室内に侵入した。アンナはベッドに寝ていたが、マーティンズの帰ったあとだから、おそらく眠ってはいなかったろう。

直接の関係者でなければ、こういう情況にはずいぶんと面白いことがあるものだ。中部ヨーロッパの恐怖や、敗戦国の父親や、家宅捜索や行方不明の背景を知ってこそ、はじめて恐怖が喜劇を圧倒するのだ。ソ連兵は、アンナが着がえをする間も、部屋を離れることを拒否した。イギリス兵は室内に留まることを拒否した。アメリカ兵は無防備の女をソ連兵と二人だけにしておこうとはしなかった。フランス兵は――そう、フランス兵はこいつは面白いと思ったにちがいない。この情景は大方想像がつくだろう。ソ連兵はただ自分の義務を果たしているだけで、女から眼を離さなかったが、性的興味はひとかけらも持っていなかった。アメリカ兵は騎士らしく背を向けてはいたが、あらゆる動作を意識していたにちがいない。フランス兵は煙草をふかしながら、衣裳ダンスにうつる女の着替える姿を、冷ややかに楽しんでいた。イギリス兵は次にどんな手を打つべきかと思案しながら、廊下に立っていた。

イギリス兵が現場を離れたことを、ひどく悪いことのように考えていただきたくはない。騎士道にわずらわされることなく、廊下に立っていたので、ものを考える余裕があった。その結果、隣りのアパートの電話を借りることを考えついた。彼は直接私のアパートにかけてきた。おかげで私は、ぐっすり寝込んでいるところを起こされた。だからこそ、一時間後にマーティンズが電話をかけてきたとき、彼がなぜ興奮しているかを私は知っていたのだ。そのために私は、自分の能力について、見当ちがいではあるが、きわめて有益な信頼を、彼から寄せられることになった。その晩からは、警官や保安官について、彼の皮肉を聞かされずにすむことになった。

警察の手続きについて、もう一つ説明しておかねばならない。国際パトロールが誰かを逮捕すると、囚人を国際司令部に二十四時間留置しておかねばならないことになっていた。その期間内に、どの国がその囚人を正当に要求する権利があるかを決定するのだ。ソ連が最も強く破棄したいと思っていたのは、この規則である。西欧側にはロシア語のしゃべれる者はほとんどいないし、ソ連側は自己の見解を説明することがほとんど不可能だ（どんなことでもいいから、よく知らない言葉で説明しようとしてみたまえ――食事を注文するほど容易なことではない）から、ソ連による協定違反を、われわれは計画的で、悪意にもとづくものと考えがちである。しかし彼らは、この協定は問題のある囚人にのみ適用されると考えていたのかもしれない。たしかに、ソ連の逮捕した囚人はほとんど全部いわくつきだった。しかし、ソ連としては問題があろうとは思っていないのだ。彼らほど自分が正しいと信じている国民はない。自白するにあたっても、ソ連人は独善的である。とうとうと秘密を白状するが、自己弁護はしない、そんなものは必要としないのだ。こちらが決定を下すためには、こういうことをすべて呑み込んでいなければならなかった。私はスターリング伍長に指示を与えた。

彼がアンナの部屋へ戻ると、議論の最中だった。アンナはアメリカ兵に、オーストリアの書類（これは本物だった）を持っていて、それは完全なもの（これはいささか強引な説である）であると語った。アメリカ兵はまずいドイツ語で、ソ連はオーストリアの市民を逮捕する権利はない、とソ連兵に言った。彼がアンナにその書類の提出を求めた。彼女が取りだすと、ソ連兵は彼女の手から引ったくった。

「ハンガリー人」と、彼はアンナを指さして言った。「ハンガリー人」と言って、その書類を振りまわしながら、「悪い、悪い」

オブライエンという名のアメリカ兵は、「女に書類を返せ」と言ったが、もちろんソ連兵にはその意味が通じなかった。アメリカ兵は自分の銃に手をかけた。するとスターリング伍長が穏やかに言った。「放っておけよ」

「もしあの書類が不備なら、おれたちはそいつを見る権利があるんだぜ」

「いいから放っておけよ。司令部へ行ってから書類を見よう」

「司令部へいけたらの話だな。だがな、ソ連の運転手っていうのは信用できないんだぜ。きっとまっすぐ第二地区へ走らすだろうよ」

「やってみよう」とスターリングは言った。

「きみたち英国人の欠点はね、抵抗すべき時を知らないということだ」

「うん、そうだな」とスターリングは言った。彼はダンケルクの戦闘に参加したのだった。しかし彼は沈黙すべき時を知っていた。

彼らはアンナを連行して、車にもどった。彼女は前部座席に、二人のソ連兵にはさまれて、恐怖のあまり口もきけなくなっていた。少し行くと、アメリカ兵がソ連兵の肩に手をかけた。「道が違うぞ。司令部はあっちだ」ソ連兵は自国語でなにか言い返しながら、なだめるようなしぐさをした。車はそのまま進んでいった。「おれの言ったとおりだ」とオブライエンはスターリングに言った。「ソ連地区へ連行するつもりだぞ」アンナは恐怖にふるえ、フロントガラス越しにじっと前方を見つめていた。

「心配するなよな、おれが仇を取ってやるから」とオブライエンが彼女に言った。彼の手はまたしても銃をさぐっていた。スターリングが言った、「おい、きみ、これはイギリスの事件だ。きみが乗りだすには及ばんぞ」

「きみは新米だろ。こいつらを知らんのだ」

「事件を起こすほどのことじゃない」

「何を言うんだ、ほどのことじゃない？……この子を保護してやらなくちゃ」アメリカの騎士道というのは、いつも注意深く道がつけてあるようだ――伝染病患者の傷口に接吻するアメリカの聖者の出現は、いまでも期待されている。

運転手がだしぬけにブレーキをふんだ。道路に防塞ができていたのだ。彼らが都心の国際司令部に向かうのでなければ、この軍事施設を通らなければならないことを、私は知っていた。私は窓から首をつっこんで、モタモタしたロシア語でソ連兵に言った、「イギリス地区で何をしているんだ？」

彼は、「命令だ」とつぶやいた。

「誰の命令だ？　見せたまえ」私は署名に気づいた――それを知ったのは役に立った。

「これによるときみは、ハンガリー国籍の戦犯で、偽造証明書を持ってイギリス地区に居住している人物を拘引することになっている。その証明書を見せたまえ」

彼は長々と説明を始めたが、書類が彼のポケットにつっこんであるのを見て、私はそれを引きぬいた。彼が銃をつかんだので、私は顔をなぐりつけてやった――本気でやったのだが、彼らは腹を立てた将校からなぐられることには馴れている。これで彼は理性をとりもどした――ヘッドライトに三人のイギリス兵が近づいてきたからでもあった。「この証明書はぼくには完全なように思えるが、なおよく調査した上で、結果をきみのほうの大佐に報告しよう。もちろん、彼はいつでもこの婦人の引き渡しを要求できる。われわれが要求しているのは、彼女の犯罪行為の証拠だ。ハンガリー人だからといって、それだけでソ連国民と見なすわけにはいかんな」と私は言った。彼は私のほうを見て、クスリと笑った（私のロシア語はたぶん半分ぐらいしかわからなかったろう）。それから私はアンナに、「車を降りなさい」と指示した。ソ連人にふさがれて、彼女が降りられないので、私はまず彼を引きずりおろさなければならなかった。それから彼の手に煙草を一箱握らせて、「まあ一服つけたまえ」と言って、ほかの連中には手を振って、ホッと一息ついた。これでこの事件は終わった。

13

マーティンズが、アンナのアパートにもどってみて、彼女がいなくなっていたことを知った次第を話しているあいだ、私はじっと考えごとをしていた。私は幽霊話にも満足していなかったし、ハリー・ライムの容貌を持った男が、単なる酔っぱらいの幻想とは信じられなかった。それで、ウィーンの二つの地図を取りだして、較べてみた。それから、副官を呼んで、マーティンズにはウイスキーのグラスをあずけて黙らせておいて、彼にハービンの居場所をつきとめたかと尋ねた。彼は、まだだと答えた。ハービンは隣接地区に住む家族を訪ねるために、一週間前にクラーゲンフルトを出たことまではわかっているという。いつだって万事を自分でやりたくなるものだ。自分の部下を咎《とが》めてはならない。私ならハービンの足取りを見失うはずはなかったろうと確信しているが、そうなれば、部下なら避けたと思われるあらゆる種類の過ちを、たぶん私は犯したろうと思う。「いいよ。彼の足取りをつかむようにしてくれたまえ」

「すみませんでした」

「かまわないよ。たいしたことじゃないからね」

彼の若い情熱的な声が電話にビンビンとひびいてきた——毎日のきまった仕事に、いつもこれだけの情熱が感じられたらと思う。仕事が単なる仕事になってしまったという理由で、たくさんの機会や、洞察のきらめきを失ってしまうのだ。「われわれは殺人の可能性をあまりに簡単に放棄していたような気がしてなりません。一、二の点が——」

「書き出してくれたまえ、カーター」

「はい。実は、こんなことを申していかがかと思いますが（カーターは非常に若い男だ）、死体を掘りおこすべきだったと思います。ほかの連中がそう言っただけで、彼が死んだという本当の証拠はありません」

「ぼくもそう思う、カーター。当局に連絡してくれたまえ」

マーティンズの言ったとおりだった。私はまったく馬鹿なことをしたのだ。しかし、占領都市の警察活動というものは、国内の警察のようにはいかない。万事が不馴れだった。外国の同僚のやり方、証拠認定の規則、さらには尋問の手続きまでも違っている。私は自分の個人的な判断に信頼を置きすぎる心境に陥っていたのだと思う。私はライムの死によって、すっかり安心していたのだ。交通事故に満足していたのだ。

私はマーティンズに尋ねた、「新聞売場の内側を見ましたか、それとも錠がおりていましたか？」

「ああ、あれは新聞売場じゃなかったのです。中の空いていない鉄の広告塔でした。ほら、よくポスターの貼ってある、あれですよ」

「場所を教えてくれませんか？」

「しかしアンナは大丈夫ですか？」

「警察がアパートを監視しています。彼らはもうほかの手は打たないでしょう」

私は警察の車で近所を騒がせたくないと思ったから、市電に乗って――あちらこちらで乗り換えてから、徒歩で目的地に入った。私は制服を着ていなかった。とにかく、アンナを誘拐しようとして失敗したあとだから、彼らが危険を冒して見張りを置くかどうか疑わしいと思っていた。「これがその曲がり角です」とマーティンズは言って、私を横町へ案内した。われわれは広告塔のところで足をとめた。「ね、彼はこの後ろに入って、すっかり消えてしまったんです――地面の中へ」

「まさにそのとおりだったんですよ」

「どういう意味ですか？」

ふつうの通行人には気づかれないだろうが、この広告塔にはドアがあった。しかも、その男が姿を消した時は暗い夜だったのだ。私はドアをあけて、小さな鉄製の螺旋《らせん》階段が地下に消えているのを、マーティンズに見せてやった。「へえー！　それじゃ幽霊じゃなかったんだ！」

「大下水路への入口の一つになっています」

「誰でも降りられるんですか？」

「誰でも。どういうものかソ連じゃ、これを閉鎖するのに反対しているんです」

「どのくらい遠くまでいけますか？」

「ウィーンを横断できます。空襲の時にはこれを利用したそうです。われわれのつかまえた囚人の中には、ここに二年間も潜伏していたのがいますよ。脱走兵がよく使いますね――それから、泥棒もね。道さえ知っていれば、マンホールや、こういう広告塔をつたって、ウィーン中のほとんどどこへでも出られますよ。下水路をパトロールするために、オーストリアじゃ特別の警察が必要なんです」私は広告塔のドアをしめて、こう言った、「お友だちのハリーが姿を消したのは、そういうわけなんです」

「本当にハリーだったと思いますか？」

「情況から判断すると、そうですね」

「じゃ、誰の葬式をやったんですか？」

「まだわかってませんが、じきに判明するでしょう。いま死体の発掘をやってますからね。私の勘としては、やつらが厄介払いをしたのは、コッホだけじゃなかったと思いますね」

「驚きましたね」

「そうですよ」

「これからどうなさるつもりです？」

「わかりません。ソ連に依頼しても無駄でしょう。しかし、彼がいまソ連地区に潜伏していることは確実です。いまのところクルツの手がかりがつかめないのです、ハービンが消されましたからね——彼は消されたにちがいありません。さもなければ、やつらとしてもインチキな交通事故や葬式の演出ができなかったでしょう」

「でも変ですね、そうじゃないですか、コッホが窓からのぞいて、死体の顔がわからなかったというのは？」

「窓はずっと上にありますね。それに、おそらく死体を車から運びだす前に、顔はめちゃめちゃにされていたでしょう」

彼は考えこみながら言った、「彼と話がしてみたいと思います。どうしてもぼくには信じられないことが、たくさんあるんです」

「たぶん彼と話のできるのは、あなただけでしょう。しかし、危険なことですよ、あなたは知りすぎていますからね」

「まだ信じられない――ほんの一瞬、顔を見ただけですからね。ぼくは何をしたらいいんです？」

「彼はさしあたってソ連地区を離れないでしょう。だからこそ、あの女を連れだそうとしたのでしょう――彼女を愛していたためか、それとも、あそこへ置いといたんじゃ、自分が危ないと思ったのか、それはわかりませんがね。彼にこちらへ帰ってくるように説得できる者があるとすれば、あなたしかありません――それとも彼女か、もちろん、彼が、今でもあなたを友だちだと信じていればのことですがね。しかしとにかく、あなたが彼に話しかけなければならないんだが、私には手づるがつかめないんです」

「ぼくならクルツに会えると思います。アドレスはわかってますから」

「いいですか、あなたがいったんソ連地区へ入ったら、ライムは放さないかもしれませんよ。それに、私の力はあそこまでは及びませんからね」

「ぼくはこのいまいましい事件を解決したいんです。しかし、おとりにはなりたくない。ぼくが彼に話します。それだけです」

14

日曜日がウィーンに見せかけだけの平和の外貌を与えていた。風は凪《な》いで、雪はこの二十四時間やんでいた。朝の市電はどれもこれも、葡萄酒の新酒が飲めるグリンツィンゲや、郊外の丘の雪のスロープへ出かける客でいっぱいだった。急造の軍用の橋をわたって運河を越えながら、マーティンズは日曜の午後の虚《むな》しさを感じていた。若者は橇《そり》やスキーを持って郊外へ出ていた。彼の周囲をとりまくものはすべて、老年の午睡だった。掲示板によって、ソ連地区に入ったことを知ったが、占領地域らしい様子は見えなかった。都心部のほうがソ連兵も多かった。

わざと彼は、クルツに訪問の予告をしなかった。待ち受けられているよりは、いきなり会ったほうがいい。彼は用意周到に、証明書類は全部携行していた。四大国の通行証も持っていた。それには、ウィーンのすべての地区を自由に通行することを許可する旨が明記されていた。運河の向こう岸は非常に静かだった。感傷的なジャーナリストなら、沈黙の恐怖を謳《うた》い上げるところだが、実をいえば、対岸よりも道幅がひろくて、爆撃の被害が甚大で、人口が少ない――それに今日は日曜日である、ということだった。何も恐怖を感じるものはなかったが、それでもやはり、このだだっ広い、ガランとした道路で、自分の足音をたえず耳にしていると、後ろを振り返らないわけにはいかなかった。

クルツの住んでいる家並みはすぐにわかった。ベルを鳴らすと、すぐにドアがあいた。クルツ自身があけたところをみると、まるで訪問客を待ちうけていたようだった。

「ああ、あなたでしたか、マーティンズさん」とクルツは言って、後頭部に手をやって、困ったようなしぐさをした。マーティンズは彼がいつもと違って見えるのに驚いていたが、今そのわけがわかった。クルツ氏はかつらをつけていなかったのだ。しかし、禿頭ではなかった。短く刈った、ごくあたりまえの頭だった。「電話をしてくださるとよかったですな。危うくお眼にかかれないところでしたよ。ちょうど出かけるところでしたからね」

「ちょっとお邪魔していいですか？」

「もちろん」

玄関の戸棚があいていたので、クルツ氏のオーバーと、レインコートと、帽子が二個、そしてかつらが釘に悠然とぶら下がっているのが見えた。彼は、「髪がお生えになって、よかったですね」と言ったが、戸棚の鏡に、クルツ氏の真っ赤になって怒った顔が映ったので、びっくりした。しかし彼がふりむくと、クルツ氏は何か企んでいるかのように、彼にむかってほほえみかけ、「あれをつけると頭が暖かいものですからね」と、なんとなく言った。

「誰の頭がです？」とマーティンズは尋ねた。あの事故の日にはそれが大いに役立ったろう、と急に思いついたからだった。しかし今日の目的はクルツ氏ではないのだから、すぐに、「いやいいんです、それは。ぼくはハリーに会いにきました」と、言葉をつづけた。

「ハリー？」

「彼に話がしたいんです」

「気でも狂ったのですか？」

「ぼくは急いでいるんです。ですから、そうしておきましょう。ただぼくは頭がおかしいということを心にとめておいてください。もしハリーに――あるいは彼の幽霊に――お会いになったら、ぼくが話をしたがっている、と伝えてください。幽霊なら人を恐れないでしょう、どうですか？　たしかに、これも一つの方法ですからね。ぼくはプラーターの、観覧車のそばで、これから二時間待っています——もしあなたが死人と連絡がとれるのなら、急いでくださいよ」それから、こうつけ加えた、「いいですか、ぼくはハリーの友人だったんですよ」

クルツは何も言わなかったが、どこか奥の部屋で、誰かが咳ばらいをした。マーティンズは、いきなりドアをあけた。死者が蘇《よみがえ》ったのだろう、と半ば期待していたのだが、それはヴィンクラー博士だった。博士は調理用ストーヴの前においてある台所用の椅子から立ち上がって、例のセルロイドの音をきしませながら、ひどく無骨に、しかもていねいなお辞儀をした。

「ヴィンクラー博士」とマーティンズは言った。ヴィンクラー博士を台所で見るのは、ひどく場違いの感じがした。軽い昼食の食べ残りが台所のテーブルに散らかり、汚れたままの皿が、ヴィンクラー博士の清潔さと、およそ不釣合いな感じを与えた。

「ヴィンクラーです」と博士は、冷ややかに自分を抑えて、訂正した。

「博士にぼくが発狂したことを話しておいてください。診断書を書いてくださるかもしれませんね。それから、場所を忘れないように——観覧車のそばですよ。もしかしたら、幽霊の出るのは夜だけですかね？」と、マーティンズはクルツに言いおいて、アパートを出た。

観覧車の囲いの中を行ったり来たりして、暖をとりながら、彼は一時間ばかり待っていた。ぶざまな鉄骨を雪の中にさらしている、廃墟と化したプラーターには、ほとんど人気《ひとけ》はなかった。一軒の露店で、車輪のような形の、平べったい薄い菓子を売っていたが、切符を持った子供が列をなしていた。数組の恋人同士が、観覧車の一つの箱にいっしょに押しこまれて、空の箱にかこまれながら、ゆっくりと町の上へのぼっていった。箱が観覧車の頂上に達すると、二、三分停止して、頭上はるかに高いところで、豆粒のような顔がガラスに押しあてられるのだった。マーティンズは、誰が自分のところへ来るだろうかと考えていた。ハリーは単身ここへ来るだけの友情をまだ持っているだろうか、それとも、警官隊が現われるだろうか？　アンナ・シュミットのアパートを襲ったところをみると、彼がソ連警察にある種の関係を持っていることは確かだった。それで、腕時計の針が一時間まわると、彼はまた考えた、すべては自分の心が生みだした幻想だったのか？　いま彼らは中央墓地でハリーの死体を発掘しているのだろうか？

どこか菓子店の後ろで、誰かが口笛を吹いていた。マーティンズはその曲を知っていた。彼は振り向いて、待っていた。心臓が高鳴るのは、恐怖のためか、興奮のせいか――それとも、あの曲が呼びさました思い出のせいだったのか。ハリーが来るときはいつも人生の歩調が早められた。彼はいつも、ちょうど今のような調子で来たものだった。たいしたことは起こらなかったかのように、誰も墓に埋められた者はなく、地下室で喉をかき切られた人間もいないかのように、例のおどけた、小馬鹿にしたような、取ろうと捨てようとご自由に、といった態度でやってきた——そうしてもちろん、彼は取られるのだ。

「ハリー」

「やあ、ロロ」

ハリー・ライムを悪漢そのもののような男と想像してはいけない。彼はそうではなかった。私の調査簿に載っている彼の写真は、なかなかりっぱなものだ。街頭写真師の撮ったものだが、がっしりした脚をふみだし、大きな肩は少し猫背で、腹は長い間の美食に馴れ、顔は陽気ないたずらっ子らしく、それでいてやさしくて、自分の幸福が世界を輝かしくするんだという自信が見えていた。さて、彼は拒絶されるかもしれないのに、手を出すような誤りは犯さなかった。そのかわりに、マーティンズの肱《ひじ》をたたいて言った、「どうだい景気は?」

「話があるんだ、ハリー」

「よかろう」

「ここでなら本当に二人っきりになれる」

「二人っきりで」

彼はいつでも方法を知っていた。こんな廃墟と化した遊園地でも、それを知っていた。観覧車の管理をしている女にチップをやって、二人だけで一つの箱に入れてもらった。

「昔は二人づれの恋人がよくやったんだが、今じゃそんな金も持ってないんだ、哀れなものさ」と言ってハリーは、揺れながら昇っていく箱の窓から、だんだん小さくなっていく地上の人間どもを、純粋な同情と見える眼ざしで見つめていた。

二人の一方の側には、非常にゆっくりとウィーンの町が沈んでいった。そうして、もう一方の側には、非常にゆっくりと観覧車の巨大な組み桁《げた》が見えてきた。地平線がひらけてくるにしたがって、ドナウ河が見えはじめ、フリードリッヒ大王橋の橋脚《きょうきゃく》が人家の上に現われてきた。「いや、きみに会えてうれしいよ、ロロ」

「きみの葬式へいったよ」

「あれはなかなかよかったろう？」

「きみの女にとっちゃ、よくもなかったろうよ。あの人も行ってたんだ――泣きぬれてな」

「あれはいい子だ。大好きなんだ」

「警察できみのことを聞いたとき、ぼくは信じられなかった」

「ああいうことが起こると知ってたら、きみを呼ぶんじゃなかった。でも、警察がおれをねらっているとは知らなかったな」

「ぼくにも分け前にあずからせよう、という魂胆だったのかい？」

「おれは一度もきみを仲間外《はず》れにしたことはなかったからな、おい」と、箱がゆらゆら昇っていくとき、彼はドアを背にして立ったままで、ロロ・マーティンズにほほえみ返した。こういう態度はマーティンズの記憶の中に残っていた。学校の中庭の、人目に立たない隅っこで、ハリーはこう言った、「夜ぬけ出す手を覚えたぞ。これなら絶対安全だ。教えてやるのはおまえだけだぞ」はじめてロロ・マーティンズは、讃歎の念を抱かずに、長い年月をさかのぼって振り返ることができた。マーティンズは考えた、彼は一人前にならなかったのだ。マーロウの書いた悪魔は尻尾に爆竹をつけていた。悪というものはピーター・パンのようなものだ——永遠の青春という、身の毛のよだつような、いやな天性を備えているのだ。

マーティンズは尋ねた、「きみは子供の病院へ行ったことがあるかい？　きみの犠牲者を一人でも見たことがあるのか？」

ハリーは、模型のような下の風景をちらりと見てから、ドアを離れた。「こういうものに乗ると、どうも安心できないんでな」と言って、ハリーは手でドアの背面をさわってみた。ドアがあいて、自分が鉄骨の組んである中空に放り出されはしまいか、と心配しているように見えた。「犠牲者？　感傷的になるなよ、ロロ。あそこを見てみなよ」と、彼は窓越しに、観覧車の基底部に黒蠅のように動いている人々を指さして、言葉をつづけた。「あの点の一つが動かなくなったら――永久にだな――きみは本当にかわいそうだと思うかい？　もしもぼくがだね、あの点を一つとめるたびに二万ポンドやると言ったら、ね、きみ、ほんとうに――なんの躊躇もなく、そんな金はいらないと言うかね？　それとも、何点は残しておいてもいいと計算するかね？　所得税はかからないんだよ、きみ。所得税なしだからね」彼は子供っぽい、ずるそうな微笑を浮かべた。「今日ではこれが唯一の貯蓄法さ」

「軍の仕事はできなかったのかい？」

「クーラーみたいにか？　いや、おれはいつも野心家だったからな」

「もうきみもおしまいだぞ。警察がみんな知ってる」

「しかしやつらはおれをつかまえることはできないよ、ロロ。おれはまた出てくるぞ。一人前の男をおさえつけとくわけにはいかんからな」

箱は揺れながら、カーヴのいちばん高いところで停止した。ハリーはマーティンズに背を向けて、窓の外をながめた。マーティンズは考えた、力を入れてひと突きすれば、ガラスは破れる。そうして、身体が落ちてゆく、支柱の間を落ちてゆく、群がる蠅の中に落ちてゆく一片の腐肉を眼に描いた。「ね、警察がきみの死体発掘を計画しているぞ。何が出てくるかね？」

「ハービンさ」と、ハリーは事もなげに答えた。彼は窓から眼をそむけて言った、「空を見なよ」

箱は頂上に達すると、静止したままで中空にかかっていた。入日の光が、黒い桁《けた》の彼方の、皺《しわ》のよった紙のような空の上に、幾条もの縞《しま》をなして走っていた。

「なぜソ連はアンナ・シュミットを連行しようとしたんだ？」

「にせの証明書を持っていたからさ」

「誰が密告したんだ？」

「この地区に住まわせてもらうには、サービスしなきゃならんのだ。おれはときどき、ちょっとした情報を提供しなきゃならんのさ」

「ぼくはきみが彼女を連れてこようとしただけのことかと思ったよ——きみの愛人だからな？　きみがほしいのかとね？」

ハリーは微笑した、「おれにはそれほどの権威はないよ」

「彼女はどうなるはずだったんだ?」

「たいしたことじゃないよ。ハンガリーへ送還されただろうな。実際、罪は犯してないんだからな。まあ、一年の強制労働か。イギリスの警察にこづきまわされているよりも、自分の国へ帰ったほうがずっといい」

「彼女は警察にきみのことは何にも言ってないぞ」

「あいつはいい子だよ」とハリーは、満足げに、誇らしげに、くりかえした。

「彼女はきみを愛している」

「ああ、おれもできる限りは、あいつに楽しい目をさせてやったからなあ」

「そうして、ぼくも彼女を愛しているんだ」

「そりゃいい。親切にしてやってくれよ。それに値する女だ。おれはうれしいよ」彼は万事を万人の満足のいくように取り計らったような調子だった。「そうなりゃ、あいつが口を割らないように、きみの助けを借りられるわけだ。もっとも、あいつは大事なことは何にも知らないんだがね」

「きみをこの窓からつき落としてやりたいくらいだ」

「しかしきみはしないよ、ね。おれたちの喧嘩は長続きしたためしがない。モナコでやったすごいのを憶えてるだろ、一生絶交だと誓ったんだものなあ。おれはきみをどこまでも信用するよ、ロロ。クルツはおれに来させまいとしたんだがな、しかしおれはきみを知ってると言ったんだ。そうしたらな、あいつは、何と言ったらいいかな、つまり事故を起こせと言うんだよ。この箱の中なら造作《ぞうさ》もない、というんだ」

「でもぼくのほうが強いからな」

「だがな、おれはピストルを持ってるんだ。きみが地面にぶつかったら、弾丸の傷なんか見えなくなっているもんな、そうだろ？」箱は、また動きだし、ゆっくりと降りていった。蠅が一寸法師になり、やがて人間とわかるようになった。「馬鹿だなおれたちは、ロロ、こんなことを言ってさ、まるでおれがそんなことをおまえにしたり——おまえがおれにするみたいにな」彼は背中をこちらに向けて、顔をガラスに寄せた。ひと突きで……「西部物で一年どれくらい稼ぐんだ、おい？」

「千ポンド」

「税込みでな。おれは税抜きで三万だぞ。これが流行さ。この頃じゃな、誰も人間のことなんて考えてないぜ。政府からしてそうなんだからな、おれたちだってそうだろ？　やつらは民衆だの、プロレタリアートだの言いやがるが、おれは阿呆と呼ぶんだ。同じことだ。政府は五カ年計画だそうだが、おれも五カ年計画さ」

「きみはカトリックだった」

「いや、今でも信じてるよ。神様とか慈悲とか、いろんなものをな。おれのしていることで、誰の魂も傷つけいちゃいないんだよ。死者は死んで、いっそう幸福なのさ。この世に生きていたって、たいした得《とく》にはなりゃしないよ、あわれなもんさ」と、彼の加えた言葉には、純粋な憐れみの奇妙な調子がにじんでいた。箱がプラットフォームに着くと、犠牲者として運命づけられている子供たちの顔や、日曜日の遊び疲れた顔が、二人をのぞきこんでいた。「きみを仲間に入れてもいいんだがな。役に立つだろうなあ。都心には誰も残っていないんだ」

「クーラーがいるだろう？　ヴィンクラーも？」

「警察側につくんじゃないよ、きみ」二人は箱を出ると、彼はまたしてもマーティンズの肱《ひじ》に手をかけた。「今のは冗談だよ。きみがしないことはわかってるさ。最近ブレイサーから何か便りがあったかい？」

「クリスマス・カードをもらったよ」

「あの頃はよかったな、きみ。あの頃はよかったなあ。ここできみに別れなきゃならん。またいつか会おう。困ることがあったら、クルツに言ってくれりゃ、おれに連絡はつくよ」彼は去っていった。そうして、振り返って、さっきは用心して差しださなかった手を振った。すべての過去が雲の下を遠ざかっていくようだった。マーティンズは突然、後ろから呼びかけた、「ぼくを信用するな、ハリー」だが、もう二人の距離は遠くなって、その言葉は届かなかった。

15

マーティンズは私に語った、「アンナは日曜のマチネーで、劇場におりました。ぼくはあの退屈な喜劇を、まるまる二度も見なきゃならなかったんです。中年の作曲家と、熱を上げた若い女と、さばけた――ひどくさばけた――細君の芝居です。アンナの演技はひどいものでした――調子のいちばんいい時でも、たいした女優じゃないんですがね。芝居がハネてから、楽屋で会いましたが、ひどく取り乱しておりました。彼女はぼくがいつなんどき言い寄るかもしれないと思っていたんでしょうね。彼女は、くどかれたくなかったんです。ぼくはハリーが生きていることを話しました――彼女は喜ぶだろうと思いました。また、彼女の喜ぶさまをぼくは見たくなかったんですが、アンナは化粧前に坐って、ドーラン化粧をした頬を涙でぬらしました。それを見てぼくは、喜んでくれたほうがよかったと思いました。ひどい顔をしてましたが、ぼくは愛情を感じました。それから、ハリーと会った模様を話しましたが、彼女はたいして注意を払っていなかったようでした。それが証拠に、ぼくが話し終わると、『死んでくれたらよかったのに』と言いました。

『死ぬだけのことはあるんだ』とぼくは言いました。すると彼女は、『あたしの言った意味は、死んだら安全だろうということ――誰からも逃れられて』と言ったのです」

私はマーティンズに尋ねた、「私があげた写真を彼女に見せましたか――子供たちの？」

「ええ。ぼくはあれが一か八かの療法だと思ったんです。彼女は身体の中からハリーを追いださなきゃならない。ぼくは写真を、並んでいるドーランの入れ物の間に立てかけておきました。これならいやでも眼に入ります。ぼくは言いました、『警察はね、彼をこの地区へ入らせなきゃ、逮捕できないんだ。それで、ぼくたちが手を貸さなきゃならないんだ！』

『あたしは、あの人はあなたのお友だちだと思ってました』と彼女は言いました。それでぼくはこう言ったんです、『友だちだった』とね。するとこう言うんです、

『ハリーをつかまえるために、あなたの手助けはしません。二度とあの人に会いたくないのです。声を聞きたくない。さわられたくない。でも、あの人に危害を加えるよ

うなことはしたくない』

ぼくは辛《つら》くなりました――なぜだかわかりませんが、結局ぼくは彼女に何もしてやらなかったんですからね。ハリーだって、ぼくよりは彼女のためになっているんです。ぼくは言ったんです、『あなたはまだ彼のことを思ってるんですか？』とね。まるで彼女の罪を責めているような具合でしたね。すると彼女がね、『思ってるわけじゃありませんが、あたしの中にいるんです。それは事実ですわ――友情というものじゃありません。だって恋愛の夢を見る時は、いつも相手は彼なんですもの』」

マーティンズが口をつぐんだので、私は先を促した、「それで？」

「ええ、ぼくはそのまま立ち上がって、帰りました。今度はあなたの番ですよ。ぼくにどうしろと言われるんですか？」

「すぐに行動したいのです。ご存じのように、棺に入っていたのはハービンの死体でした。ですから、ヴィンクラーとクーラーはすぐに逮捕できます。クルツは今のところわれわれの手の届かないところにいます。運転手もそうです。クルツとライムを逮捕する許可を、ソ連当局に正式に申請しましょう。それでわれわれの調査簿は整理されます。もしあなたをわれわれのおとりとして使うとすれば、あなたの連絡がすぐにライムに届かなくちゃならない――あなたがこの地区で二十四時間もぶらぶらしてたんじゃ、まにあわない。いいですか、あなたは都心部に戻ってくるとすぐに、尋問のためにここに拘引された。そうして、私からハービンのことを聞かされた。あれこれ考え合わせて、あなたがクーラーのところへいって、危険を知らせる。クーラーは、もっと大物をつかまえるために、しばらく泳がせておきます——ペニシリンの闇に加わったという証拠もありませんしね。彼は第二地区のクルツのもとへ逃亡するでしょう。そうすれば、ライムは、あなたが自分たちに忠実に働いていると思うでしょう。三時間後に、あなたは警察に追われているという通信を送るのです。あなたは潜伏している、ライムに会いたい、とね」

「彼は来ないでしょう」

「そうとも言えませんね。われわれの隠れ場所は慎重に選びましょう——彼がいちばん危険が少ないと思うところにね。やってみるだけの価値はあります。もしあなたを救いだせたら、彼としても鼻が高いでしょうし、彼のユーモア精神にも大いに訴えるところがありますよ。それに、あなたの口も封じられるしね」

「彼は一度もぼくを救ってくれたことはありませんよ——学校で」とマーティンズは言った。彼が注意深く過去を回想して、そういう結論に達したのは明らかだった。

「それはこれほど重大な事件じゃなかったからでしょう。それに、あなたに密告される心配もなかった」

「ハリーにぼくを信用するなと言ったんですが、彼には聞こえませんでした」

「やりますか？」

彼は子供たちの写真を私に返した。デスクの上に置かれたその写真を、彼はじっと見つめていたが、「ええ、やりましょう」と言った。

16

最初のうちは、万事が計画どおりにいった。第二地区からもどってきたヴィンクラーについては、クーラーのところへマーティンズが行くまで、逮捕をおくらせた。マーティンズはクーラーとの短い会見を楽しんでいた。クーラーはいっこうに当惑した様子もなく、なかなか親切に彼を迎えた。「やあ、マーティンズさん、お眼にかかれてうれしいですね。おかけください。あなたとキャロウェイ大佐の間が万事うまくいって、けっこうですな。正直な男でね、キャロウェイは」

「うまくいってないんです」

「悪く思っておられないでしょうね、あなたがコッホに会われたことをぼくが彼に話したのを？　ぼくはこう考えたんですよ——もしあなたが潔白なら、ちゃんと申し開きをなさるだろう。もし罪を犯しておられるのなら、そう、ぼくがあなたに好意を持っているからといって、私情をさしはさんじゃいけない。市民には義務がありますからね」

「検屍に際して偽証するようなね」

「ああ、もう古い話ですよ。ぼくを怒らせるつもりですか、マーティンズさん。こういうふうに考えてください――市民としてですね、われわれは義務を負って――」

「警察が死体を掘り起こしましたよ。あなたとヴィンクラーを逮捕するでしょう。ハリーに警告していただきたいんです……」

「なんのことやらわかりませんね」

「いや、わかっているはずです」彼にわかっていることは明らかだった。マーティンズはそのまま彼の家を出た。あの親切そうな人道主義者面をそれ以上見たくなかったのだ。

あとに残っているのは、わなを仕掛けることだけだった。下水路配置の地図を調べて、マーティンズが誤って新聞売場と呼んだ、大下水路の主要入口に近いカフェがよかろう、と私は結論を下した。ここならばいちばんライムをおびき寄せやすいところだろう。彼はもう一度地下から上がってきて、五十ヤード歩いて、マーティンズを連れて、もう一度下水路の闇に消えればいいのだ。彼はこの逃亡方法をわれわれが知っていることに気づいていなかった。彼はおそらく、下水警察のパトロールが夜の十二時に終わって、次のが二時まで始まらないことを知っていたろう。だから、真夜中の十二時にマーティンズは、広告塔の見える、小さな、冷えびえするカフェに坐って、コーヒーを一杯また一杯と重ねていた。私は彼にピストルを貸してやった。それから、部下の者をできるだけ広告塔の近くに配置した。下水警察は、戦闘開始と同時にマンホールを閉鎖し、市の周辺から中心に向かって下水路を掃蕩《そうとう》すべく準備していた。しかし私は、できることなら、彼がふたたび地下に潜らないうちに逮捕したいと思っていた。そのほうが手間が省けるし——マーティンズを危険にさらすことがない。そういうわけで、マーティンズはカフェに坐っていた。

風がまたしても立ってきた。しかし雪は降らなかった。風はドナウ河を渡って、氷のように冷たかった。カフェのそばの小公園のつもった雪を、波の花のように吹きちらしていた。このカフェには暖房装置がなかったから、マーティンズは両手をかわるがわる代用コーヒーのカップ——ずいぶん並んでいた——にあてて、暖をとっていた。いつも私の部下の一人を、このカフェの中におくようにしておいたが、二十分ぐらいの不規則な間隔で、交替させることにしていた。一時間以上も経過した。マーティンズはとっくの昔にあきらめていたし、私もそうだった。私は街路をいくつか距《へだ》てた電話のそばで、必要とあればいつでも地下に入れる準備をした下水警察の一隊といっしょに、待機していた。われわれは腿まで届く大きな長靴をはき、厚手の海員上衣《リーファー・ジャケット》を着て暖かだったから、マーティンズよりは幸せだった。一人の警官は自動車のヘッドライトの一倍半くらいの小型サーチライトを革紐で胸にゆわえつけ、もう一人は一対の照明花火を持っていた。電話が鳴った。マーティンズだった。「寒くて死にそうです。もう一時十五分ですよ。これ以上続けて、何の役に立ちますか？」

「電話をかけちゃいけない。見えるところにいてください」

「ぼくはもう、まずいコーヒーを七杯も飲んだんですよ。これ以上は胃がもちません」

「彼が来るとすれば、もうすぐのはずです。二時のパトロールにぶつかりたくはないんだから。あと十五分がんばってください。しかし電話に近よらないでください」

マーティンズが突然叫んだ、「あっ、来た！　彼が――」と、それっきり電話は沈黙してしまった。私は副官に命じた、「全マンホールを守るように合図を」それから下水警察に向かって、「下へ降りよう」と言った。

こういうことだった。ハリー・ライムがカフェに入ってきたとき、マーティンズはまだ電話中だった。ライムが聞いたとしても、何を聞いたかはわからないが、警察に追われ、ウィーン中に一人も友人のない男が、電話をかけているのを見ただけで、怪しいと感じたのは当然だったろう。マーティンズが受話器を置くまでに、彼はカフェから引き返していた。折悪しく私の部下が一人もカフェにいなかった。一人はちょうど出たばかりで、代わりの者はカフェに向かって舗道を歩いていた。ハリー・ライムは彼のそばを急いで通りぬけて、広告塔に向かった。マーティンズはカフェから出てきて、私の部下を見た。大声をあげたら、ライムは簡単に射撃できる距離にいたのだが、彼は声をあげなかった。おそらく彼にとっては、逃げてゆくライムは、ペニシリンの闇商人ではなくて、友人のハリーだったのだろう。彼が躊躇しているうちに、ライムは広告塔の蔭にまわってしまった。その時はじめて彼は、「あれだ」と叫んだが、ライムはすでに地下に潜ってしまったあとだった。

われわれのほとんど誰もが知らない、奇妙な世界が、われわれの足の下に横たわっている。われわれは滝が落ち、急流の走る、いたるところに洞穴のある土地の上に住んでいる。この土地にも、上の世界と同じように、潮の干満があるのだ。アラン・クオーターメンの冒険と、ミロシスの町に至る地下の河をわたる航海記を読んだら、ライムの最後の地の光景が想像できるだろう。大下水路はテムズ河の半分くらいの河幅で、支流を集めて、巨大な拱門《きょうもん》の下を急流をなして流れていた。支流は高いところから滝となって落ちていた。そうして、落下する時に浄化されるので、空気の汚れているのは、下水路の上のほうだけだった。大水路は甘いにおいがして、かすかに爽快なオゾンがただよい、暗闇のいたるところに、滝と急流が音を立てていた。マーティンズと警官が下水路に達したのは、ちょうど満潮を過ぎたときだった。まず曲がりくねった鉄の階段を降りて、次に、背をかがめなければならないほど低い通路を少し行くと、下水の浅い岸辺の水が二人の足もとにひたひたと寄せていた。私の部下は下水の壁に沿って懐中電灯をあてていたが、「こちらへ行きました」と言った。深い流れが、浅い岸辺に屑をいっぱい残していくように、下水も、壁に沿った水の淀《よど》みに、むいたオレンジの皮とか、煙草の箱とか、そういったものを寄せていた。その屑の上に、まるで泥の中を歩いたかのように、ライムは見紛うかたもなく足跡を残していったのだ。警官は左手に持った懐中電灯で前方を照らし、右手にピストルを握っていた。彼はマーティンズに言った、「後ろからおいでください。あいつは撃つかもしれませんから」

「それじゃなぜきみは前を歩くんだね？」

「私の職務です」二人が歩いていくと、水は脚の中ほどまで上がってきた。警官は懐中電灯を下げたり上げたりしながら、下水の端の、識別のむずかしくなった足跡を求めていた。「馬鹿ですな、あいつは逃げられっこありませんのにな。マンホールはぜんぶ監視がついておりますし、ソ連地区へ通じる道は閉鎖しました。警官隊はマンホールから支流を中心部に向かって掃蕩《そうとう》すればいいんです」彼はポケットから呼び子をとりだして吹いた。すると、かなり遠くのほうで、あちらでもこちらでも、応答の呼び子が鳴った。「みんな下水路に集まっております。下水警察です。彼らは、ここをよく知っていますからな、ちょうど私がロンドンのトテナム・コート街《ロード》を知っているようなものです。おふくろにこの姿を見せたいですな」と言って、前方を照らそうとして懐中電灯を上げたとたんに、ガーンと鳴った。懐中電灯が彼の手から飛んで、流れの中に落ちた。「畜生め！」と彼が叫んだ。

「やられた？」

「手をかすりました、それだけです。一週間の休暇ですな。さ、繃帯《ほうたい》をしますから、その間このもう一つの懐中電灯を持っていてください。つけないで。やつは支流のどこかに隠れております」いつまでも射撃の音が反響していた。最後の反響がやむと、二人の前方で呼び子が鳴った。マーティンズの相棒が応答の呼び子を吹いた。

「変だね――ぼくはまだきみの名前を知らないんだ」

「ベイツと申します」と警官は答えた。彼は暗闇の中で、低い声を立てて笑った。「これは私のいつもの受持ちではありません。ホースシューをご存じですか？」

「ええ」

「グラフトン公爵邸は？」

「知ってるよ」

「世はさまざまですな」

「ぼくが先に立とう。あいつはぼくなら撃たないだろう。それに、あいつに話がしたいんだ」

「あなたを保護するように命令を受けております。注意してください」

「大丈夫だよ」と、彼は先に出ようと、ベイツをまわりこんだとたんに、さらに一フィートばかり深く水の中にとびこんだ。先に立つと、彼は、「ハリー」と叫んだ。すると、「ハリー、ハリー、ハリー！」とこだまが流れを下って反響していって、暗闇の中で呼び子の一大コーラスを呼びさました。彼はもう一度叫んだ、「ハリー、出てこい。何にもならないぞ」

驚くほど近いところで声がしたので、二人は思わず壁に身を寄せた。「おまえか？おれにどうしろというんだ？」

「出てこい。両手を頭の上にあげるんだ」

「おれは懐中電灯を持ってないんだ。何にも見えない」

「注意してください」とベイツが言った。

「壁にぴったりくっついて。あいつはぼくなら撃たないはずだ」とマーティンズは言った、そうして、「ハリー、懐中電灯を照らすぞ。いさぎよく出てくるんだ。逃げられやしないんだから」と叫んだ。彼が懐中電灯をつけた。すると、二十ヤード先の、光がようやく届く水際に、ハリーが視界の中に姿を現わした。「両手を上げるんだ」ハリーは手をあげて、撃った。弾丸は跳ねかえりながら、マーティンズの頭上一フィートの壁にあたった。ベイツの悲鳴が聞えた。その瞬間、五十ヤードはなれたところから、サーチライトが全水路を照らしだした。その光芒の端に、ハリーと、マーティンズと、カッと開いたベイツの眼が捉えられた。彼は下水の水際に倒れて、腰のあたりを水が洗っていた。空《から》の煙草の箱が、彼の腋の下にひっかかって、とまっていた。私の警官隊が現場に到着した。

マーティンズはベイツの死体の上に、ふるえながら立っていた。それはわれわれとハリーとの中間の場所だった。マーティンズに当たるかもしれないので、われわれは撃つことができなかった。サーチライトの光にライムの眼はくらんでいた。いつでも撃てるようにピストルをかまえて、われわれはじりじり進んだ。ライムは、ヘッドライトに眼のくらんだ兎のように、あちらこちら跳びまわっていたが、いきなり、深い中央の急流にとびこんだ。われわれがサーチライトを彼に向けたとき、彼は水中に潜っていた。下水の急流は非常な勢いで彼を流し、ベイツの死体を通りすぎて、サーチライトの届かない暗闇の中に運んでいった。助かる見込みもないのに、なぜわずか数分間の生に執着するのか？　それは人間の美点なのか、欠点なのか？　私にはわからない。

マーティンズは、下流のほうを見つめながら、サーチライトの光芒の外縁に立っていた。彼は今度こそピストルを手にしていた。われわれの味方で、確実な射撃のできるのは彼だけだった。なにか動いたように私は思ったので、「そこだ、そこだ、撃つんだ」と、彼に叫んだ。彼はピストルをあげて、撃った。ずっと以前に、ブリックワース共有地で、同じ命令で撃った時のように、やっぱり狙いも定めずに撃ったのだ。洞穴の奥から、キャラコ布を裂くような苦痛の叫びが聞こえてきた。非難か、哀願か。「よくやったぞ」と私は叫んで、ベイツの死体のそばで立ちどまった。彼は死んでいた。サーチライトを向けても、両眼はうつろに開いたままだった。誰かがしゃがんで、煙草の箱をとりのけて、河の中に捨てた。箱はもまれながら流れていった――黄色いゴールド・フレイクの空箱だった。彼はたしかにトテナム・コート街《ロード》から遠く離れた異郷にいたのだ。

私は顔を上げたが、マーティンズの姿は暗闇の中に見えなくなっていた。彼の名前を呼んだが、反響してやまないこだまと、地下の河のゴーゴーという水音に、かき消されてしまった。その時、三度目の銃声を聞いた。

マーティンズがあとになってから話してくれた、「ぼくはハリーを見つけようとして、下流へ歩いていきました。しかし暗闇の中で見失ったにちがいありません。懐中電灯をつけるのはこわかった。彼にもう一度撃たれたくはありませんでした。彼はちょうど支流の入口で、ぼくの弾丸にやられたにちがいない。それで彼は、鉄の階段の下まで這い上がったのだと思います。三十フィート上にはマンホールがあったんですが、階段を昇るだけの力はなかったでしょうし、のぼれたとしても、上には警官が待ちかまえていたでしょう。彼だってそれくらいのことは知っていたにちがいありません。しかし彼はひどく苦しい。だから、獣が暗闇に死場所を求めるように、人間は光を求めるのだと思います。彼は安んじて死にたかった。暗闇は人間にとっては安心できるところじゃありませんからね。彼は身体を引きずって、階段を昇りはじめました。しかし、痛みが激しくなって、それ以上は進めない。なぜあの奇妙な曲を口笛に吹いたんでしょうね、ぼくが愚かにも彼の作曲したものだと信じていたあの曲を？　注意を引こうとしたのでしょうか、それとも友だちにいてほしかったのか、自分をわなにかけた友だちでも、とにかく友だちに来てもらいたかったのか、それとも、無我夢中で、何の目的もなかったのか？　とにかく、彼の口笛がきこえましたから、ぼくは下水路の縁《ふち》に沿って引き返しました。彼はそこに横たわっていました。それから、壁の端を手さぐりしながら、そこが上がり口だとわかりました。ぼくは鉄の手すりに手をかけて、昇ってい きました。「ハリー」と呼ぶと、口笛がちょうどぼくの頭の上でやみました。ぼくはまだ恐れていました。すると、わずか三歩で、ぼくの足が彼の手をふみました。彼は撃ちはしまいかと、ぼくは懐中電灯で彼を照らしました。彼はピストルを持っていませんでした。彼はそこにいたのです。ぼくの弾丸があたったときに、落っことしたにちがいありません。一瞬ぼくは、彼は死んでいるんだと、思いました。しかし、その時、彼は痛みのあまりうめき声をあげました。ぼくが、「ハリー」と言いますと、やっとのことで眼玉をぼくの顔に向けました。彼はなにか言おうとしていました。ぼくは身体をかがめて、耳を彼の口にあてるようにしました。「馬鹿野郎」と言いました——それだけでした。自分のことを言ったのかもしれません。彼はカトリックでしたから、はなはだ不似合いな言葉ですが、一種の悔恨だったかもしれません。あるいは、ぼくのことを言ったのかもしれません。年に税込み千ポンドの収入で、兎一匹ロクに撃つこともできないのに、家畜泥棒のことを書いているぼくのことをね。

それからまたうめき声をあげはじめました。ぼくはもうそれ以上、聞くにたえなくなって、彼の身体に弾丸を撃ちこみました」

「そのことは、忘れますよ」と私は言った。

「ぼくは忘れられません」

17

その夜、雪解けが始まった。ウィーン中の雪がとけだして、醜い廃墟がふたたび白日の下にさらされることになった。鉄骨が鐘乳石のようにぶら下がり、錆びた桁《けた》が、灰色の泥雪の中から、骨のようにつき出ていた。電気ドリルで凍った大地に穴をあけなければならなかった一週間前の埋葬に較べて、今度はずっと簡単だった。ハリー・ライムの二度目の葬式は、春のように暖かな日だった。彼をふたたび地下に納めて、私はうれしかったが、そのために二人の生命が奪われていた。墓のまわりに集まった人々は、前よりも少なかった。クルツも、ヴィンクラーもいなかった——ただ、彼女と、ロロ・マーティンズと、私だけだった。誰も涙を流す者はいなかった。

それがすむと彼女は、われわれのどちらにも挨拶しないで、正門から市電の停留所に通じる長い並木道を、解けた雪をはねながら、歩いていった。私はマーティンズに言った、「車がありますから、いっしょに乗りませんか？」

「いえ、市電で帰ります」

「あなたの勝ちです。私の馬鹿野郎ぶりを証明なさったんだから」

「勝ったんじゃありません、ぼくの負けでした」と彼は言った。私は彼が長い脚で彼女のあとを追っていくのを見守っていた。追いつくと、二人は肩を並べて歩きだした。彼は一言も話しかけなかったようだった。物語の終わりのように見えていたが、私の視野から消える前に、彼女の手は彼の腕に通された——物語はふつうこんなふうにして始まるのだ。彼は射撃はまずいし、性格の判断もいたってお粗末だが、西部物（みごとな緊迫感）と女（どの点だかわからないが）にかけては一人前だった。それで、クラビンは？ ああ、クラビンは今でも、デクスターの費用に関して、英国文化交流《ブリティッシュ・カウ》協会《ンシル》と論争している。協会では、ストックホルムとウィーンで同時になされた支出を認めるわけにはいかない、と言っている。哀れなクラビン。しかし考えてみれば、われわれはみんな哀れである。

たそがれの維納《ウィーン》

評論家
川本三郎

　グレアム・グリーンの『第三の男』は、キャロル・リード監督による映画化作品（一九四九年）があまりにも有名だが、実は、グリーンの作品そのものが、あらかじめ映画化を前提に書かれたものである。通常は、原作がすでにあってそれに基づいて映画を作るのだが、『第三の男』の場合は、まず映画を作る企画があり、そのためにグレアム・グリーンが原作者として起用された。通常と逆である。

　企画をたてたのは、イギリスの名プロデューサーで『ヘンリー八世の私生活』（一九三三年）や『ジャングル・ブック』（一九四二年）などを製作したアレクサンダー・コルダ（のちに「サー」の称号を授与される）。コルダという名前からわかるようにハンガリー出身でオーストリア＝ハンガリー帝国の時代を知っていた。それだけにウィーンに対する思いが強く、第二次大戦が終わったあと、戦争に敗れ、荒廃したウィーンを舞台に映画を作ることを思い立った。

当時、コルダが製作した、グレアム・グリーン原作、キャロル・リード監督の『落ちた偶像』（一九四八年）が好評で、コルダは同じコンビで〝ウィーンの映画〟を企画、グレアム・グリーンにストーリーを依頼した。その意を受けて、グリーンは一九四八年の二月にウィーンに行き、戦争の傷からいまだ立ち上がれないでいる街をつぶさに観察し『第三の男』を書き上げた。

そうした成立事情からうかがえるように、この小説の魅力はまず何よりもウィーンにある。かつてハプスブルク家の支配する都として優雅さを誇った街、オペレッタやワルツがさかんだった遊蕩《ゆうとう》の街、ヨーロッパのなかでももっとも女性的といわれたロココ文化の街、クリムトやエゴン・シーレら世紀末芸術を生んだデカダンスの街、あるいはフロイト、マーラー、ヴィットゲンシュタインらを生んだ学問と芸術の街――、その華やかなウィーン（昔ふうに「維納《ウィーン》」と書きたいところ）が、ドイツと共に第二次世界大戦を戦い、敗れ去った。

ドイツ軍とソ連軍の激しい戦闘やアメリカ軍による空爆によって、多くの建物が破壊され、街は廃墟と化した。一九四五年には、米英仏ソの四カ国による共同管理下に置かれた（この占領時代は一九五五年まで続いた）。

かつての貴族たちにかわって、街をアメリカのＧＩやソ連の兵隊が歩くようになった。貴族たちに愛されたザッハー・ホテルはイギリス軍に接収されたし、聖シュテファン教会は爆撃のあとをさらしたままだった。街のあちこちで闇商人が暗躍していた。

グレアム・グリーンはスパイ小説や犯罪心理小説を得意とする。カトリック教徒の作家でありながら、いや、であるからこそ、人間心理の暗黒面を見ようとする。そのグリーンにとって、戦争に敗れ、荒廃したウィーンはうってつけの場所だった。

「私は両次大戦間のウィーンを知らなかったし、シュトラウスの音楽や、あやしげな魅力に満ちた昔のウィーンを憶えているほどの年配ではない。私にとってウィーンは、みすぼらしい廃墟の町であり、しかもその二月には、廃墟が雪と氷の氷河になってしまったのだった。ドナウ河は灰色の、どんよりした濁流で、ソ連領の第二地区を貫通して遥か遠く流れていた」

というイギリスのキャロウェイ大佐によって語られる言葉は、当時の疲弊し切ったウィーンの様子をよくあらわしている。過去に栄華の時代があっただけに、戦後の荒廃が痛々しく見えてくる。グレアム・グリーンはこの〝失われた都市〟の敗残の姿に強く惹《ひ》きつけられていき、そこから闇市（ブラックマーケット）で生きるようになったハリー・ライムという謎めいた男を作り出してゆく。姿の見えないハリーを追っていく物語は、古都を舞台にした迷宮譚の色合いを帯びている。

一九四八年という年は、東西冷戦が緊張を増した年で、二月にチェコで「二月政変」が起き共産党が権力を掌握、六月にはソ連がベルリン封鎖（翌四九年に東西ドイツに分裂）。アメリカはソ連の動きに対抗するために西側諸国援助のためのマーシャル・プランを実施——と、ヨーロッパを舞台に、米ソ二大大国が対立を強めた。

ウィーンは東西の境に位置していたために戦後の荒廃に加え、新たにはじまった冷戦の緊張を強く受けるようになった。いかがわしい人間が暗躍するサスペンス劇にとっては絶好の舞台になったといえる。

チェコ、ハンガリー、ポーランド、東ドイツなどから多数の難民が入り込み、一九四八年にはその数が六十万人（オーストリアの人口の約十パーセント）にも達した。

ハリー・ライムの恋人アンナ・シュミットがハンガリー人という設定になっているのはそうした状況を踏まえている。彼女は正規のパスポートを持たない難民だから、いつソ連によって逮捕されるかわからないという不安にさらされている。

事実、彼女は、恋人である筈《はず》のハリー・ライムによってソ連に密告され、一時は、ソ連軍に逮捕される。なぜ恋人を売るようなことをする、と迫る友人のマーティンズに、ハリーは非情に答えている。

「この（ソ連）地区に住まわせてもらうには、サービスしなきゃならんのだ。おれはときどき、ちょっとした情報を提供しなきゃならんのさ」

米英仏ソ四カ国によって分割されたウィーンのソ連地区に住むハリーの、権力との妥協である。裏社会に生きるためには、自分を慕っている女性さえも犠牲にする。ハリーの悪党ぶりがよく出ている。

「（逮捕されたあと）彼女はどうなるはずだったんだ？」というマーティンズの問いにもハリーは冷ややかにいってのける。

「たいしたことじゃないよ。ハンガリーへ送還されただろうな。実際、罪は犯してないんだからな。まあ、一年の強制労働か。イギリスの警察にこづきまわされているよりも、自分の国へ帰ったほうがずっといい」

難民があふれていたウィーンでは、こういう裏切りや密告はよくあったのだろう。戦争は人の心も荒廃させてゆく。マーティンズのかつての良き学友ハリー・ライムがいつのまにか闇社会を生きるモンスターになってしまっている。

廃墟と化した街が人の心を荒廃させ、荒《すさ》んだ人間たちが街をさらに廃滅させてゆく。二月という寒い冬のなか、物語は人の心の暗部へと向かってゆく。ハリーが逃亡する際に利用する、ウィーンの地下に張りめぐらされた地下水道は、その人間心理の暗部を象徴しているようだ。

グレアム・グリーンが実際にウィーンに出かけて行き、ストーリーを書き上げると、直ちにキャロル・リードによって映画化が進められた。一九四九年冬のウィーンで撮影され、その冬ざれの寒々としたドナウ河や中央墓地、瓦礫の積みあげられた街の風景が、サスペンス映画に素晴しい効果を上げている。ロバート・クラスカーによるカメラは、ドイツ表現主義を意識した歪んだ構図を多用し、モノクロの映像で〝廃墟という都市の迷宮〟を作り出している。

ただし、大評判となった、ヒロインのアリダ・ヴァリが中央墓地をひとり歩いて去ってゆく、映画史上最高といっていいラストシーンのカメラをまわしたのは〝additional photography〟とクレジットされているハンス・シュニーバーガー。かつて、あのナチスのプロパガンダ映画『民族の祭典』を作った女性監督・カメラマン、レニ・リーフェンシュタールの恋人だった人物である。『第三の男』という〝暗い傑作〟には、イギリス映画でありながらどこか〝ドイツの匂い〟がする。

プラーター公園の大観覧車で、ジョセフ・コットン（マーティンズ）とオーソン・ウェルズ（ハリー・ライム）が出会う場面も素晴しい。十九世紀末に作られたこの大観覧車は戦火のなかで奇跡的に生き残り、〝失われた都〟の象徴になっていた。グレアム・グリーンは地下水道と共にこの大観覧車を巧みに物語のなかに取り入れた。

映画では、大観覧車に乗ったオーソン・ウェルズが、闇のペニシリンで人間の命を奪ったことを批難するジョセフ・コットンに向かって、「ボルジア家の三十年の圧制はミケランジェロ、レオナルド・ダ・ヴィンチ、そしてルネサンスを生んだが、スイスの五百年のデモクラシーと平和は何を生んだ？　鳩時計さ」と名セリフをいうが、これはグレアム・グリーンの書いた原作にはなく、オーソン・ウェルズが考えたものという（ウェルズはこの言葉を、十九世紀にイギリスで活躍した画家ホイッスラーのある文章から脚色した）。

グレアム・グリーンの原作とキャロル・リードの映画にはいくつかの違いがある。映画化に当たって両者の合意のもとで変更がなされた。

たとえば、作家のマーティンズはイギリス人からアメリカ人に、アンナはハンガリー人からチェコ人に変更されている。マーティンズがアメリカ人に変わることによって、アメリカ人の無垢《むく》とヨーロッパ人の退廃という対比がよく出ている。

いちばん大きな違いはラストだろう。原作では、「彼女の手は彼の腕に通された」とマーティンズとアンナが結ばれることが予感されているが、映画では、アリダ・ヴアリは、待ち受けるジョセフ・コットンに一瞥《いちべつ》もくれずに歩き去ってゆく。〝失われた都〟の物語には、このアンハッピー・エンディングのほうがはるかにふさわしい。グレアム・グリーンも「序文」で素直に「結果は彼（リード）のみごとな勝利であった」と認めている。

実際、このラストシーンは何度見ても胸に迫るものがある。アンナという、国を失い、恋人も失った女性が、絶望のなかなお毅然として生きようとする誇り高さが胸を打つのである。

ハリー・ライムにはモデルがいたのか。これについて最近、イギリスで出版された、Charles Drazin による *In Search of The Third Man* のなかに興味深い記述がある。ハリーのモデルは、一九六三年にダブル・スパイ（イギリスの諜報員でありながらソ連に情報を流していた）として逮捕されたかのキム・フィルビーではないかという。社会主義に惹かれていたフィルビーはケンブリッジ大学を卒業したあと、ウィーンに行った。ナチス・ドイツが台頭し、社会主義者がウィーンに逃がれてきたとき彼らを助ける組織で活動した。この秘密活動のさなか、映画のハリー・ライムのように地下水道を利用した。またフィルビーの恋人はハンガリー人の女性だった。

グレアム・グリーンはイギリス諜報局で働いていたときフィルビーと知り合った。

そこからハリー・ライムを創造したのではないか——とこの著者は推論している。これについてはグリーンが黙して語らず、秘密を墓場まで持っていってしまったというが、推論として実に興味深い。

グレアム・グリーンは一九九一年に亡くなったが、当時、住んでいた家は他ならぬ「鳩時計」を生んだスイスだった。

本書は、一九七九年九月に早川書房より刊行された『グレアム・グリーン全集』第十一巻所収の『第三の男』を文庫化したものです。

ハヤカワepi文庫は，すぐれた文芸の発信源（epicentre）です。

訳者略歴　1920年生，東京大学文学部英文科卒，1988年没　英文学研究家　著書『エリオットの詩劇』　訳書『シェイクスピア』バージェス（共訳）（以上早川書房刊），他多数

〈グレアム・グリーン・セレクション〉

第《だい》三《さん》の男《おとこ》

〈epi 1〉

二〇〇一年五月三十一日　発行
二〇二〇年十一月十五日　四刷
（定価はカバーに表示してあります）

著者　グレアム・グリーン
訳者　小《お》津《づ》次《じ》郎《ろう》
発行者　早川浩
発行所　株式会社早川書房
郵便番号　一〇一 - 〇〇四六
東京都千代田区神田多町二ノ二
電話　〇三 - 三二五二 - 三一一一
振替　〇〇一六〇 - 三 - 四七七九九
https://www.hayakawa-online.co.jp

乱丁・落丁本は小社制作部宛お送り下さい。
送料小社負担にてお取りかえいたします。

印刷・株式会社精興社　製本・株式会社明光社
Printed and bound in Japan
ISBN978-4-15-120001-4 C0197

本書は活字が大きく読みやすい〈トールサイズ〉です。